मेरा गाँव

[MERA GAON]

कोविड फेज-2 व एक पत्रकार के जीवन पर
संक्षिप्त चित्रण करने का छोटा सा प्रयास है यह उपन्यास।

लेखक - शंभु चौधरी
B.Com, MA(MC), LL.B, Advocate
KOLKATA-INDIA

Self-Published With the help of:
www.notionpress.com
Self-Published With the help of:
www.notionpress.com

AF762204

Made with ❤ on the Notion Press Platform

www.notionpress.com

बस एक भाड़े का कमरा, दो पैसे की नौकरी, जिल्लत, जद्दोजहद, भाग-दौड़, अपमान, मालिकों के आगे झुक कर खड़ा रहना, ना जाने क्या-क्या फिर भी गांव के लोगों को, शहर क्यों अच्छा लगता है? शायद शहर की चकाचौंध ने गांव की खूबसूरती को ही लील लिया हो।

Dedicated to Press Reporter of India

Contents

लेखक परिचयः

श्री शम्भु चौधरी का जन्म 15 सितंबर 1956 को कटिहार (बिहार) में हुआ। गत 40 वर्षों से कोलकाता में ही स्थाई निवास। आपकी एक पुस्तक "मारवाड़ी देस का ना परदेस का" प्रकाशित। आपने 57 साल की उम्र में विधि की परीक्षा पास की एवं 62 साल की उम्र में मास कम्यूनिकेशन पर मास्टर की परीक्षा।

बचपन से ही कविता, लघुकथा, व सामाजिक लेख लिखना, देश के कई पत्र-पत्रिकाओं में लघुकथा, कविताओं, सामाजिक व राजनैतिक विषयों पर लेखों का प्रकाशन। स्वतंत्र पत्रकारिता करना व सामाजिक कुरीतियों के विरुद्ध जन मानस को जगाना। "देवराला सती काण्ड" के विरुद्ध कलकत्ता शहर में जुलूस निकालकर कानून में संशोधन कराने में सक्रिय भूमिका का निर्वाह। सामाजिक विषय पर चिन्तनशील कई पुस्तकों का सम्पादन। समाज के युवाओं को संगठित कर उनको विकासमूलक कार्यों में लगाना, राजनीति का समाजीकरण करना, व स्वतंत्र पत्रकारिता में रुचि। कोलकाता से प्रकाशित "समाज विकास" सामाजिक पत्रिका के कार्यकारी संपादक पद पर कार्य कर चुके श्री चौधरी जी के कई लेखों ने सामाजिक और राजनीतिक समीकरण में बदलाव लाया है। विधि विषय पर कई पुस्तकों को प्रकाशन। ''मेरा गाँव, यह इनकी पहली उपन्यास है।

[**अस्वीकरणः** *इस उपन्यास के सभी व्यक्ति / पात्र काल्पनिक है, इसमें चित्रित व्यक्ति किसी भी वास्तविक व्यक्ति को प्रतिनिधित्व ना तो करता है ना ही उनके जीवन पर आधारित है। किसी व्यक्ति संस्था या समाज को ठेश पहुंचाना इस उपन्यास का कतई उद्देश्य नहीं है, ना ही किसी को परोक्ष या अपरोक्ष रूप से ठेस पहुंचाना। यह कहानी* ***कोविड फेज*** *-2 के समय से लेकर उसके बाद व उसके पहले के कई घटनाक्रम का एक चित्रण मात्र है। जिसे लेखक ने कुछ काल्पनिक पात्रों के माध्यम से दर्शाने का प्रयास किया है।*]

प्रकथन

रामप्रसाद जी मेरी कई कहानियों के स्थायी पात्र है। "**मेरा गाँव**" यह मेरी पहली उपन्यास है, इस उपन्यास के माध्यम से **कोविड फेज-2** का एक संक्षिप्त चित्रण करने का छोटा सा प्रयास है "**मेरा गाँव**"। रामप्रसाद कैसे अपने पत्रकारिता जीवन से संघर्ष करते हुए अपने परिवार का भरण-पोषण करते हैं। साथ-साथ अपने को किस प्रकार बौद्धिक स्तर पर समय और काल के द्वंद के भंवरजाल में उलझते और गोता लगाते हैं, एक काल्पनिक कहानी को सचित्र करती और एक पत्रकार की दयनीय स्थिति का चित्रण को प्रस्तुत करती है यह उपन्यास।

कोरोना कालखंड का व उसके पश्चात किस प्रकार कोरोना महामारी के समय देश के गरीबों ने इस तबाही को देखा और झेला, किस चरम तक सरकार का दमन अपने शिखर पर था, को दर्शाने का प्रयास है यह उपन्यास "**मेरा गाँव**"।

अख़्तर शीरानी की एक प्रसिद्ध नज़्म है –
"**ओ देस से आने वाले बता** " उस नज़्म की चंद लाइनें इस प्रकार है-
ओ देस से आने वाले बता
क्या अब भी वतन में वैसे ही
सरमस्त नज़ारे होते हैं
क्या अब भी सुहानी रातों को
वो चाँद सितारे होते हैं
हम खेल जो खेला करते थे
क्या अब वही सारे होते हैं
ओ देस से आने वाले बता.. ओ देस से आने वाले बता।
कैसे-कैसे समाज के ताने-बाने से संघर्ष करना पड़ता है और कैसे अपनी मानसिकता को झकझोरता है, एक पत्रकार। एक बुद्धिजीवी प्राणी होने के नाते वह किस प्रकार खुद से लड़ने का प्रयास करता है इन सब बातों का सजीव चित्रण है। यह उपन्यास "**मेरा गाँव**"।

शंभु चौधरी

Date : 17/05/2023
KOLKATA-700106
Edited On 06/10/2025

1. कद्दू ले लो, कद्दू

भाग-1

रामप्रसाद जी गांव जा रहे थे। रास्ते में बस रुकी रामप्रसाद जी भी हल्का होने के लिये नीचे उतर गये। सड़क के एक किनारे बस के पीछे खड़ा होकर जैसे ही हल्का हो रहे थे, उनके कान खड़े हो गए।

कोई जोर-जोर से चिल्ला रहा था - "**कद्दू ले लो, कद्दू!**" !

रामप्रसाद जी को लगा कि बस की सवारी के पास आम, लिच्चू, केला, खीरा, शर्बत, चाय बेचते तो बहुत बार देखा पर आज कद्दू बेचते पहली बार ही सुना।

रामप्रसाद जी हल्का होकर पैजामा का नारा ठीक करते हुए कद्दू वाले की तरफ लपक लिए।.. भाई! अरे भाई! जोर से आवाज़ लगाई, **अरे ओअअअ कद्दू वाले भाईईईईई...**

कद्दूवाला हो हल्ला में कुछ नहीं सुन रहा था। बस यात्रियों के चारों तरफ बेचने वालों का अजीब सा वातावरण था, जिसमें बेचने वाले की आवाज तो सुनी जा सकती थी, पर आपकी आवाज़ उनकी तेज आवाज में गुम हो जाती। जैसे रात के एक बजे जब लोग गहरी नींद में ट्रैन की सवारी करते, थ्री टायर के डिब्बे में सोते हुए यात्रा कर रहे हों और किसी प्लेटफॉर्म पर चाय वाला अंदर घुस कर आवाज़ लगाने लगता है - **गरम चाय पी लो... गरम चाय**, तभी कोई यात्री अपनी चाद्दर से मुंह निकाल कर चाय वाले से पूछता है - **ओ चाय वाले भाईईईईई.- कौन सा टेशन आया है?**

एक पल चाय वाले को मन में लगा कि, एक यात्री तो उठा जो अब उससे चाय माँगेगा, पर जैसे ही उसका पूरा सवाल सुनता है, चाय वाले का पाँव **प्रोटोकॉल** की तरह अकड़ गया। बेरुखी से जवाब देते हुए बोला "**बथुआ टेशन**" और आगे बढ़ गया.. **गरम चाय पी लो... गरम चाय**,.

रामप्रसाद जी, कद्दूवाले को आवाज देते सोचने लगे.. तभी फिर कद्दू वाला पास आया पूछा बाबू काहे को चिल्ला रहे हो बाबू?

रामप्रसाद जी उसके कुतर्क से थोड़ा संभलकर अरे नहीं कद्दू का भाव पूछ रहा था। गांव जा रहा हूँ, सोचा गाँव जा रहा हूँ, कुछ ले लुँ, कद्दू वाले ने जवाब दिया सौ रुपये किलो, अब रामप्रसाद जी को काटो तो खून नहीं, शहर में तो कद्दू 20-30 रुपये का एक मिलता है। पलट के उससे फिर पूछ लिए शायद सुनने में भूल हुई होगी। आवाज की उस भीड़ में फिर जोर से पूछा- "**कितना**"?

कद्दू वाले ने फिर वही उत्तर दोहरा दिया। **100 रुपये... किलो**।

रामप्रसाद जी थोड़ा चौंकते हुए - **कद्दू किलो! कद्दू किलो से कब से बिकने लगा? सवाल किया।**

बाबू जबसे देश में ₹200/- रुपये की वैक्सीन, और सरकार द्वारा फ्री की वैक्सीन लगेगी, बोल कर, जब जनता से ₹1200-1500 रुपये वसूले जा रहे थे, तब उनसे सवाल करने में आप लोगों की फट रही थी, किसी गरीब ने कोरोना महामारी के समय कद्दू को किलो के भाव बेचना शुरू कर दिया तो लगे हमसे हजार सवाल- जवाब करने। सारा हिसाब सब्जीवाले से ही ले लो। बड़बड़ाता हुआ आगे बढ़ गया।

।हम अक्सरा, घर में काम करने वाली मॉसी से, यात्रा करते समय स्टेशन पर कुली से, रिक्सा वाले से, टूटी जूता- चप्पल सलाई कराते समय मोची से, फल व सब्जी वाले से, कैसे उनसे पैसे बचाये जाए, इस फिराक में जीवन निकाल देते हैं, वहीं एक ही झटके में सरकार

सार बजट बिगाड़ देती है तो चुपचाप सह लेते हैं। ट्रैन किराया, गैस के दाम हो या बच्चों की पढ़ाई पर टैक्स, कहीं तो नहीं बोलते हम। यह सब राष्ट्र की सेवा है और गरीबों का जीवन स्तर आपके चुप्पी से/पैसे से सुधर जाए?

किसी मॉल में जब 500 की टी-शर्ट 3000 में खरीदते हैं तो हमें जरा भी दर्द नहीं होता, वहीं साल में एक शर्ट अपने स्टाफ को देने में कितना दर्द अनुभव करते होगें हम। यात्रा में लाख रुपये का बजट भारी नहीं पड़ता हमें, वहीं स्टेशन पर कुली से बहस करते हैं कि पिछले माह तो 50/- रुपया ही भाड़ा था, तुरंत झूठ बोल देते हैं पैसे बचाने के लिए। पूरे सफर में हमारे पास 1000/- का बजट नहीं होता हमारे पास, वहीं एक लाख का बजट बना कर चलते हैं। इस एक लाख के बजट में 1000/ नहीं समा पाता।।

रामप्रसाद जी किसी प्रकार लुढ़कते-पढ़कते अपने गांव पंहुच तो गए, पर गांव की हालत देखते ही उनका पांव जमीन में ही धँस गये। यह क्या हो गया गांव को, चारों तरफ सन्नाटा बिखरा पड़ा था।

बस स्टैंड से अपना सामान लेकर जैसे ही घर की दहलीज पर कदम रखे ही थे कि मां दौड़ते हुए बेटे से लिपट गई, जोर-जोर से रोने लगी,.. बेटा कुछ करो. पूरा गांव **कोरोना** की आग में जल रहा है। कल पंसारी की दुकान वाला भी बोल रहा था, दादी आप घर से ना निकलो, समान मेरा आदमी दे आयेगा, आप फोन से सामान लिखा देना।

तभी देखा बड़े भाई कुछ लोगों से बात कर रहे थे, मां को सांत्वना देते हुए बड़े भईया को प्रणामपाती की, हांलाकि वे मुझसे एक मिनट ही बड़े थे, मां ने बताया कि यह पहले पैदा हुआ था, बस तब से आजतक, मैं उनको अपना बड़ा भाई मानता आ रहा हूँ। भईया गाँव में रहकर खेती-बाड़ी देखने लगे, मैं शहर में एक अखबार के दफ्तर में नौकरी करने लगा।

भईया ने मेरे और मेरी मेहरारु (Wife) का हालचाल पूछा, बिटू के लिए पूछा, फिर मुझसे बोले- **"मुझे अभी इसी वक्त करीम चाचा ने बुलाया है।"**

उन्होंने ने भाभीजी को आवाज दी- अरी...! , **देखो कौन आया है?**

मां अभी भी मेरे हाथ को पकड़े हुई थी। मां ने कहा पानी गरम कर देती, तुम हाथ- मुंह धो लो, फिर खाना लगा दूंगी।

तब तक भाभीजी मेरे पास आकर बोली, (हंसते हुए) शहर में क्या घर बसा लिए हमें तो भूल ही गए। भाभीजी का यह स्नेह भरा प्यार दिल को भेद देता था। मैंने भाभीजी को पांव छूकर प्रणाम करना चाहा तो बोल पड़ी.. अरे बस.. बस.. आप तो बस भईयाजी को ही प्रणाम कर लिया करो, मैं तो आपसे पांच साल छोटी हूँ। भाभी का व्यवहार ऐसा था कि भईया भी हंसते हुए बाहर चले गए। भाभीजी से अपनेपन का स्नेह पाकर रामप्रसाद जी ख्यालों में खो गए।

नेता लोग पिछले माह ही टिड्डी दलों की तरह गाँव की लहलहाती फसलों को चट करने आने लगे थे। इन दलों को मौसम हर पांच साल में एक बार आता है। सैकड़ों नेताओं का झुंड के झुंड, उसी प्रकार दूसरे राजनीति दलों के नेता भी चुनाव प्रचार करने आये थे सब नेताओं के साथ उनके प्रचारक, पत्रकारों का समूह भी गांव घूम कर गए थे, बता रहे थे, गांव में कोरोना नाम की कोई चीज दूर-दूर तक नहीं दिखाई देती। सब लोग अपने काम में व्यस्त हैं। सुनकर बहुत राहत महसूस किया था।

कोरोना ने तो शहर में तो तबाही मचा रखी थी, हां! दो माह से कुछ कम हुआ था, पर अभी भी एम्बुलेंस की आवाज दिन-भर सुनाई देती थी।

कुछ राहत की बात थी कि मंत्री जी लगातार कोरोना को मात देने के लिए एक दिन में 24 घंटा चुनाव प्रचार में व्यस्त थे। चुनाव आयोग को भी गाइड कर रहे थे। जब सब कुछ धीरे-धीरे पटरी पर आने लगी। वैक्सीन भी आ

गई और मंत्री जी अपनी चुनावी सभाओं में लोगों को मुफ्त में वैक्सीन बांटने लगे तो, विपक्षियों को कहाँ बर्दाश्त कि सारा क्रेडिट मंत्री जी ले जाए।

भाई! काम करने वाले से ही गलती होती है। मुझे तो संपादक मंडली ने दो बार नोटिस थमा दी, आप मंत्री जी की प्रसन्नता के कसीदे ना लिखें तो आपको हटा दिया जायेगा। हमें सरकारी विज्ञापन विभाग से बार-बार धमकियां मिल रही है। हमें अखबार चलाना है। न्यूज एजेंसी सरकार के नियंत्रण में है। उनके तरफ से भी बार-बार संकेत आ रहे हैं आप सरकारी नियमों का पालन नहीं कर रहे।

रामप्रसाद जी का भी अपना परिवार है, पेट पालना है। गाँव से भले ही हर साल अनाज साल भर का आ जाता हो, फिर भी, बच्चों की पढ़ाई, दवा, घर का भाड़ा, बिजली, यातायात, दूध-दही, मोबाइल फोन का खर्चा, पॉकेट खर्च, साफ-सफाई, मोटर साईकिल की बैंक की किस्तें, ये सब देने के बाद, बीबी-बच्चों के कपड़े लेने तक के पैसे हाथ में नहीं बचते, शादी के बाद से आज 10 साल हो गए, सीमा ने कभी रामप्रसाद जी से एक साड़ी नहीं मांगी। एक बार नाराज हुई तो बोली आप मुझे मायके भेज दो, मां विदाई में एक साड़ी तो जरूर देगी।

मुझे याद आता है बिट्टू जब गोद में थी, तो सीमा को लेने ससुराल गया था। ससुर जी ने विदाई करते समय ₹100 रुपये चुपचाप मेरे जेब में डाल दिये। बोले रख लो रास्ते में काम आयेगा, गाड़ी का किराया दे देना। मेरी आंखों में शर्म तो बची नहीं थी, बस बाकी कुछ नहीं कह सका। तब मेरी नौकरी भी नहीं लगी थी, पिता जी ने कहा अब शादी कर लो, अब, कब तक, शादी नहीं करोगे? तीस साल के तो हो गये? मैं कुछ नहीं कह सका एक बकरे की तरह मुझे आनन-फानन में सजाकर घोड़ी पर चढ़ा दिया गया था। देखते-देखते शादी के दसवें माह में ही एक बेटी हो गई थी। मां ने बहुत कहा- **"बेटा गिरा दो"** अभी इतनी जल्दी क्या है? नौकरी लग जाने दो। माँ का दबाब था कि सीमा का गर्भपात करा दिया जाए। सीमा किसी

भी तरह तैयार नहीं थी, मेरा मन भी बच्चे को गिराने की बात स्वीकार नहीं कर रहा था।

पुरानी बातें दिमाग में पानी में तेल की तरह तैरने लगी थी, इधर मां का हाथ मुझे छोड़ ही नहीं रहा था। भईया गांव के लोगों के साथ निकल चुके थे। गांव की परिस्थितियों से अभी तक बस इतना ही वाक़िफ़ हो पाया था, कि जो कुछ चुनाव के समय सुना था उससे स्थिति पूरी विपरीत है। अभी चुनाव समाप्त हुए महज 15 दिन ही तो हुए थे, क्या इस तरह रातों-रात परिस्थितियों में इतना बदलाव आ जाएगा?

गांव की सड़कों पर सन्नाटा बिखरा पड़ा था, मां का डर, भईया का अचानक से करीम चाचा के पास जाना। यह सब कुछ न कुछ खराब संदेश दे रहा था।

मैंने मां से अपना हाथ छुड़ाते हुए कहा - हां! मां! "गर्म पानी कर दे, हाथ-मुंह धो लेता हूँ।"

अप्रैल के भरी तपती दुपहरी में भी गर्म पानी से गरारा, कुल्ला, स्नान आदि कर कपड़े सारे बदलकर, भाभीजी के हाथ का बना गर्मागर्म भोजन करने बैठ गया। भाभी की बेटी भी ग्यारह साल की हो गई थी, मेरी बेटी से बस एक साल बड़ी थी, मेरे पास आकर मेरे से ढेरों सारी बातें करने लगी।

भाभीजी ने बताया कि स्कूल सब बंद होने से घर में ही पढ़ाई करती है, अब तो बात भी बहुत कम करती है, आज आपसे बात कर के बहुत खुश है, सोचती हूँ इसको आपके पास शहर भेज दूं। आपके पास रहेगी तो कुछ सीख भी लेगी।

रामप्रसाद जी एक तरफ अपनी लाचारी को झांकने लगे, भाड़े के एक छोटे 8 फीट वाय 10 फीट के एक कमरे में यह कैसे रह पायेगी, पहले से ही तीन प्राणी हैं, यहाँ इतना बड़ा आंगन, चार कमरे, दो दलान, खेती की

जमीन, बगान, खुली हवा, शुद्ध भोजन, क्या कुछ नहीं है गांव में, और शहर में?

बस एक भाड़े का कमरा, दो पैसे की नौकरी, जिल्लत, जद्दोजहद, भाग-दौड़, अपमान, मालिकों के आगे झुक कर खड़ा रहना, ना जाने क्या-क्या फिर भी गांव के लोगों को, शहर क्यों अच्छा लगता है? शायद शहर की चकाचौंध ने गांव की खूबसूरती को ही लील लिया हो।

तभी भाभीजी ने थाली परोसते हुए पूछा - "सत्तू भर कर एक पराठा और बना देती हूँ! आप भोजन अच्छे से कर लिजिए।"

सत्तू का पराठा सुन कर ही मेरी जीभ में पानी भर आया। हां में सर हिलाते हुए भोजन करने लगा, तभी मां ने भाभीजी को कहा- बहू वो जो कल घी बनाई थी, उसमें से ही घी लगाना, मां के हाथों से बना, गाय का घी, घर का आटा, घर का बना भुजे चने का सत्तू, कुआँ का पानी, बगान की लकडियों से लकड़ी के चुल्हें में पका भोजन, कांसे, तांबे के पुराने बर्तन, लम्बे वाले स्टील के ग्लास, ये सब देखकर ही इसकी अनुभुति कुछ अलग ही बयान करती है। भाभीजी जी के हाथों से बना खाना, इसका स्वाद शहरों के पांच सितारा होटलों में पैसे देने से भी कहां मिलेगा।

खाना खाते ही मुझे जोर की नींद आने लगी। बात-बात में, मैं सीमा को पहुंच की खबर देना ही भूल गया था, सो मोबाइल फोन हाथ में लेकर सीमा को लाइन मिलाने लगा। सीमा का फोन बार-बार इंगेज आ रहा था। पेट भर भोजन हो जाने व थकान के कारण मुझे बार-बार झपकी सी आने लगी थी। भाभीजी को बोल का मैं सो गया। "कि आप फोन मिलाकर बोल दो, मैं थोड़ी देर आराम कर लेता हूँ।"

भाभीजी का सकारात्मक उत्तर सुनकर मैं निश्चित होकर सो गया। पर फोन को चार्ज में लगाना ही भूल गया था।

इधर में सोया ही था कि उधर फोन भी सोने लगा। मेरा मिसकॉल देख सीमा मुझे बार-बार फोन करने लगी, पर मेरा फोन बंद दिखा रहा था। वो भाभीजी को फोन मिला कर समाचार जानने की कोशिश की तो भाभीजी का फोन उसको (सीमा को) इंगेज दिखा रहा था। इस दस मिनट के अंतराल सीमा का गला सूखने लगा। वह बार-बार मुझसे संपर्क करने की कोशिश कर रही थी।

मुझे इतनी गहरी नींद आ चुकी कि पता ही नहीं चला कब शाम के पांच बज गए। उठा तो देखा मेरा फोन बंद पड़ा है, हाथों-हाथ मैंने अपने बक्से से चार्जर निकाल कर, जैसे ही फोन ऑन ही किया था कि सीमा का फोन बजने लगा।

सीमा काफी घबराई हुई लगी। इस एक-दो घंटों में सीमा के बस प्राण नहीं गए, बाकी कुछ बचा नहीं था।

भाभीजी बात करना ही भूल गई थी, और भाभीजी फोन म्यूट मोड (घंटी की आवाज को साइलेंट मोड में डाल देना) के कारण सीमा का फोन आने पर भी वह सुन नहीं पाई।

"अक्सर हम अपने फोन को पासवर्ड से लॉक कर देते है या फोन को साइलेंट (Silent) मूड में डाल देते हैं जिसके चलते कई बार परेशानियों का कारण बन जाता है। इस बात को भूल जाते हैं कि यदि कभी आपात-स्थिति आई तो यह फोन घर के किसी काम नहीं आ सकेगा। भाभीजी भी थकी हुई होगी सो वह भी सो गई थी। शायद नींद में खलल पैदा न हो इसके लिए फोन को साइलेंट मोड में डाल दी हो । कई लोगों को यह आदत है कि वे फोन को साइलेंट मोड में डाल कर ही सोते हैं।"

मां तो आज भी पुराने जमाने के काले रंग के 2 किलो वजन वाले फोन की तरह मोबाइल फोन से वैसे ही बातें करती है जैसे पहले हम लोग किया

करते थे, इतनी जोर से बोलना पड़ता था कि आसपास के सारे लोगों को पता लग जाता था कि मां ने आज बेटी को ससुराल में कौन सी रैसिपी बनानी सिखाई है।

सीमा ने बताया कि कैसे उसके यह पल गुजरा, जैसे अस्पताल में मरीज के मुंह में ऑक्सीजन की पाईप तो लगी है पर सिलेंडर में ऑक्सीजन ही नहीं, यदि आज रात तक बात नहीं होती तो सीमा की स्थिति का बयान करना भी संभव नहीं था, गोवा या गोआ (Goa) के सरकारी अस्पताल की तरह हो जाता, रास्ते में लाजेस्टिक के कारण डॉक्टरों ने मरीजों को मरने छोड़ कर खुद गहरी नींद में सो गये। एक दिन नहीं लगातार एक सप्ताह तक इनकी लाजेस्टिक समस्या का समाधान नहीं हो सका, ठीक वैसे ही जैसे सरकारी कोष से खरीदे दर्जनों ऐम्बूलेंसों को एक सांसद ने इस महामारी के बीच अपने घर में छुपा रखा था, बहाना इतना अच्छा था कि उनको ड्राइवर ही नहीं मिल पा रहे थे। करोनो के समय चंदे से ख़रीदे अधिकांश वेंटीलेटर काम ही नहीं कर रहे थे। सुनवाई और जाँच की बात जो करेगा वही चोर बजेगा।

मुम्बई से गोवा महज 10-12 घंटे के रास्ते में अटकी पड़ी है ऑक्सीजन गैस, भारतीय ट्रेनों की रफ़्तार संगीत के साथ ऑक्सीजन को बोरियों में ढो रही थी। दूसरी तरफ सरकारी अस्पतालों में लोग तड़प-तड़प के मर रहे हैं सरकार मीडिया में रेल की गाड़ियों को दिखाकर मरते हुए लोगों को सांत्वना देनेमें लगी थी कि बस अब आती ही होगी ट्रेन। मंत्री जी गहरी नींद में सो रहे थे और नेता बोल रहे थे कि विरोधी दल के नेताओं पर हत्या का मुकदमा चलना चाहिए।बात तो सही बोल रहे हैं। अभी देश में जो कोई भी लोग, लोगों को बचाने में दिन-रात एक किये हुए हैं सबके-सब सरकार से गद्दारी ही तो कर रहे हैं। वैक्सीन क्यों मांग ली, ऑक्सीजन क्यों मांग ली, दवाएं क्यों मांग ली। जब, सब सरकार को ही करना है तो आप लोग क्या करेगें? उन लोगो से सबक लेना चाहिए जहाँ के सबलोग चुपचाप लाशों को ठिकाने लगा रहे थे, इनसे कुछ तो हमें सीखना ही चाहिए था।

65 सालों से विपक्षी पार्टी सत्ता पर बस मुसलमानों को बसाती रही, जिसका परिणाम है कि आज देश में दवाओं की, ऑक्सीजन की, भेन्टीलेटर की, अस्पतालों में बेड की, श्मशानों में जलाने की लकड़ी की कमी ही कमी दिखाई दे रही है। गंगा पर करोड़ों रुपये गंगा की सफाई के नाम पर बहा दिये, तो अब गंगा इतनी पवित्र साफ हो गई कि गंगा में बह रही सैकड़ों लोगों की तैरती लाशें साफ दिखाई पड़ने लगी। इसके लिए हमें सरकार को साधुवाद तो देना तो दूर, बस दोषारोपन करना ही हमारा काम रह गया है।

यह सब ठीक वैसे ही जैसे भारत में निर्माण वैक्सीन की 85 प्रतिशत माल को हमें विदेशों में पहले भेजना ही होगा। इसमें कोई भी सरकार क्यों न हो उसे इस करार को मानना ही होगा। अब देश के लोगों की जान सिर्फ मंत्री जी के चलते तो नहीं जा रही। जरा सोचिये रातों-रात आप सरकार से 130 करोड़ लोगों के लिए वैक्सीन मांग लेंगे तो क्या करेगा कोई। जान बचाकर भागेगा या फिर फाँसी पर चढ़ जायेगा क्या?

ऐसे लोग ही देश के सबसे बड़े गद्दार हैं जो नदियों में कूद-कूद कर मरने लगे। सरकार को बदनाम करने के लिए विपक्ष भले ही कितना भी हथकंडा अपना लें। सरकार की पूरी टीम अपने कार्यों को अंजाम देती रहेगी। लोगों को नदी में डूबने के लिए उकसा कर विपक्ष के लोग देश में अस्थिरता का माहौल बनाने में लगे हैं।

अभी वैसे भी समय एक- दूसरे की मदद करने का **नहीं** है। यदि आपने किसी की मदद कर किसी की जान बचा दी तो, आप पर हत्या का मुकदमा भी चलाया जा सकता है। लोग कोरोना के डर से अब तो लाशों को नदी में फेंक कर भाग जा रहे हैं। मृत्यु प्रमाण-पत्र तो भूल ही जाएं।

आप लोगों को तो अस्पतालों के बाहर लाइन लगा कर हाथ में वैक्सीन लेते हुए पोस्टरों के साथ "**वैक्सीन उत्सव**" मनाना चाहिए ना कि बस बुराई करना।

2. सब कुछ "राम भरोसे"

"हाईकोर्ट ने प्रदेश के छोटे शहरों, कस्बों व ग्रामीण इलाकों में संक्रमण तेजी से बढ़ने तथा मरीजों के इलाज में हो रही लापरवाही पर तीखी टिप्पणी करते हुए कहा है कि सूबे की स्वास्थ्य व्यवस्था "राम भरोसे" चल रही है। इसमें तत्काल सुधार की आवश्यकता है।"

आपने अबतक पढ़ा....

अभी वैसे भी समय एक- दूसरे की मदद करने का नहीं है। यदि आपने किसी की मदद कर किसी की जान बचा दी तो, आप पर हत्या का मुकदमा भी चलाया जा सकता है। लोग कोरोना के डर से अब तो लाशों को नदी में फेंक कर भाग जा रहे हैं। मृत्यु प्रमाण-पत्र तो भूल ही जाएं।

आप लोगों को तो अस्पतालों के बाहर लाइन लगा कर हाथ में वैक्सीन लेते हुए पोस्टरों के साथ "वैक्सीन उत्सव" मनाना चाहिए ना कि बस बुराई करना।

आगे जारी....

खैर! सीमा की, मुझसे बात हो जाने से उसने इन चंद घंटों में भगवान से मेरी सुरक्षा के लिए जितने वादे किये थे, मन्नतें मांगी थी, सारी ड्यू हो गई। ठीक वैसे ही कान की बाली खो जाने पर या बाथरूम में भूल जाती है, तब महिलाएं उसे बार-बार खोजती है और जब उसे कान की बाली नहीं मिलती तो दो ही बातें होती है या तो पति पर शक जाता है या फिर घर की नौकरानी पर। भगवान के पास जाकर बार-बार सवा रुपये का प्रसाद चढ़ाने का वादा करती है और जब बाली खुद के सिरहाने में तकिये के नीचे दबी मिल जाती है तो सब भूल जाती है, पर सीमा भूलती नहीं वह भगवान से कोई वादा खिलाफी नहीं करना चाहती।

बोली आप जब लौटे तो, हनुमानजी के मंदिर में पांच किलो पेडा का प्रसाद चढ़ाते आना, बाकी की मन्नतें मैं घर में पूरी कर लूंगी।

सीमा के मन के संतोष के लिए सब करना ही था, सो हां बोल दिया। आजकल फोन कितना जरूरी हो गया है। एक पल का संपर्क टूटते ही लोग नाना प्रकार की चिंता करने लगते हैं।

जब मैं शहर पढ़ने गया था तो, पिता जी ने कहा था पहुंचते ही एक पत्र डाल देना। उस समय गांव में या तो किसी बड़े घरों में या फिर पोस्ट मास्टर के पास ही फोन हुआ करता था। हमारे पड़ोस में एक फोन हुआ करता वह सिर्फ जीने-मरने के समाचार पर ही बजता था, उस समय उसे **लाइटनिंग कॉल** के नाम से बोला जाता था। यदि मिल गया तो पहला कॉल तो सिर्फ यह बोल कर लाइन काट देते थे कि फलाना आदमी के रिश्तेदार बोल रहा हूँ उनको बुला दीजिये न प्लीज?

फिर सामने वाला घंटों फोन के पास बैठा, वापस फोन आने का इंतजार करते-करते थक जाता, और बार-बार पूछता किसका था फोन?

मेरे संपादक ने मुझे साफ हिदायत दे रखी थी कि आप राजनीति के पचड़े में ना पड़े, सो यह सब झूठ है जो मैंने लिखा है। बस किसी तरह सरकार को अस्थिर करने के लिए हजारों की संख्या में लोग खुद मरे जा रहे हैं। अब इसमें सरकार का क्या दोष? उन्होंने तो संविधान नहीं लिखा। भारत का संविधान जिसने लिखा आप उससे सवाल कीजिए। चुनाव कराने की व्यवस्था उसी में लिखी है।

हमारा भारत देश कितना महान हो गया है पाकिस्तान से बदला लेते-लेते, सेना के दो सर लाने के चक्कर में हमारे कितने ही जवान शहीद हो गए, पुलवामा हो गया, दो बार सरकार बन गई, अभी तक बदला लेने की बात तो दूर की कौड़ी है, पाकिस्तान का बाल भी बांका नहीं कर सके, ना दो जवानों के सर वापस आये।

अब भारत में विश्व-**कविगुरु रविन्द्र नाथ टैगोर** की तर्ज पर **विश्वगुरु** बनने की तैयारी चल रही है। अब आप ही देखिये भारत ने पिछले साल चाइना के 100 से भी ज्यादा एप्स बंद कर चीन को घुटनों के बल गिरा दिया था।

एक मित्र बता रहे थे कि आप लोग पॉजिटिव रहिये। किसी भी राज्य में चुनाव कराना एक संवैधानिक व्यवस्था है। समय से पूर्व यदि उन राज्यों में, जहां की सरकारों का कार्यकाल पूरा हो चुका है या होने वाला है, उन राज्यों में चुनाव कराना ही होगा अन्यथा उन सरकारों को भंग कर उन सभी राज्यों में राष्ट्रपति शासन लगा देना होगा, जो लोकतंत्र के लिए स्वस्थ परंपरा नहीं होगी। भाई लोकतंत्र जीवी हैं।

चुनाव आयोग भी एक संवैधानिक संस्था है। हमें इन पर अंगुली नहीं उठानी चाहिए। मद्रास उच्च न्यायालय की टिप्पणी पर असंतोष व्यक्त करते हुए कहा कि माननीय न्यायाधीशों को कुछ भी बोलने की छूट नहीं होनी चाहिये। एक बार तो सभी पत्रकारों को लगा कि बात तो सही है। हमने इस दृष्टि से तो कभी सोचा ही नहीं। अब इसमें मंत्री जी का क्या दोष? चुनाव आयोग पर ऐसी टिप्पणी जिसमें अदालत ने कहा कि आप लोगों पर **हत्या का मुकदमा** चलना चाहिए। बिलकुल भी अनुचित था। सारे पत्रकार अचानक से पॉजिटिव गए।

तभी एक पत्रकार पीछे से उठ कर पूछ ही बैठा - **सर!** यह तो आप सही बोल रहे हैं कि चुनाव समय से हो। पर यह कहाँ लिखा है कि एक ही राज्यों में चुनाव आठ चरणों में, बड़ी-बड़ी रैलियाँ, सभाओं का आयोजन किया ही जाना जरूरी है? अन्य राज्यों से गाड़ियों में भर-भरकर असामाजिक तत्वों को दूसरे राज्य का माहौल बिगाड़ने के लिए भेजा जाय। चुनाव आयोग इन सब पर तो नियंत्रण कर ही सकती थी?

फिर सभी पत्रकार पॉजिटिव से नेगेटिव हो गए।

मंत्रीजी ने फिर पॉजिटिव होने की बात कही, आपने जिस राज्य के संदर्भ की बात परोक्ष में की है उस राज्य की कानून-व्यवस्था पूरी तरह से चरमरा चुकी थी, हमारे पास कोई विकल्प नहीं बचा था। हम भी नहीं चाहते कि चुनाव को लंबा खींचा जाए, पर मंत्री की खुद की व्यस्तता भी एक मायने रखती है। चुनाव आयोग को इनके समय के अनुसार कार्यक्रम तय करने होते हैं। इसमें कोई गलत भी नहीं है। देश में चुनाव प्रचार तो करना ही होता है अन्यथा गलत लोग ही चुनाव जीत कर पुनः आ जाएगें।

तभी दूसरे पत्रकार ने फिर पूछा सर अब और कितना पॉजिटिव होना है?

चारों तरफ ही पॉजिटिव-पॉजिटिव ने लोगों की सांसें छिननी शुरू कर दी है?

मंत्रीजी बस उठ गए बोले अब कोई सवाल नहीं... **पॉजिटिव रहिये, पॉजिटिव लिखिए और पॉजिटिव सोचिये** बाकी आप देख लीजिए जाते-जाते एक शब्द बोल दिए ... अपरोक्ष रूप से धमकाते हुए- **"बाकी आप लोग तो समझदार हैं ही।"**

रामप्रसाद जी यह सब सोच ही रहे थे कि तभी भाभी जी ने आकर पूछा- **"भाई'साब को आने में देरी होगी उनका फोन आया था, आप खाना खा लीजिए खाना परोस देती हूँ।"**

रामप्रसाद जी का मन तो नहीं था खाने का, पर खाना का नाम सुनते ही कमरे में, माँ के हाथ से बने घी की खुशबू की महक आने लगी। हाँ,

सर हां में हिलाते हुए बोला बस सुबह वाला घी थोड़ा सा चपोड़ देना।

भाभी ने भी हां, में सर हिलाते हुए कहा, मां ने आम का मीठा अचार भी बनाया है वह भी डाल दूंगी। तब तक आप हाथ-मुंह धो लीजिए।

एक बार फिर सीमा से बात की, बिटू से बात की, और सभी समाचार पूछे, ऑफ़िस में भी संपादक से भी बात की। संपादक जी ने बताया कि चारों तरफ से समाचार अच्छे नहीं आ रहे। मुझे भी सतर्क रहने की सलाह दी।

आज देश का हर व्यक्ति यह सोच रहा है कि देश को यह क्या हो गया, कल तक सब कुछ ठीक ही चल रहा था। पिछले साल आई कोरोना की महामारी से हम अब उबरने लगे थे। फिर यह क्या हो गया अचानक से, मानों पलक झपकते ताश के पत्ते की तरह अस्पतालों में, घरों में, सड़कों पर हजारों लोग में दम तोड़ने लगे। अदालत ने इसे सरकार की विफलता की संज्ञा देते हुए **'नर-संहार'** कहा। फिर भी हम सरकार से सवाल करने से डर चुके थे। हमारी लाचारी इस कदर नपुंसक हो चुकी थी कि चाह कर भी कलम उठा नहीं सकते थे अब, हम सबने अपनी कलम को पिछले कुछ सालों से सरकार के पास गिरवी रख दी थी।

भाभीजी खाना लेकर आ गई थी, उठ कर हाथ-मुंह धोकर, थाली के पास रखी पुरानी चादर पर पालती मार कर बैठ गया। भोजन का स्वाद फलका, आचार की भीनी-भीनी खुशबू, भूख को और बढ़ा रही थी, भाभी जी गरम-गरम फूले हुए फलके (Roti) ला कर दे रही थी, जैसे ही भोजन करने बैठा था कि, मां भी आ गई और पास बैठकर बार-बार बहू को बता रही थी कि मुझे बचपन में खाने का कितना शौक था।

बचपन के किस्सा सुनाने लगी। मां का यह प्यार अनूठा ही था, जिसे शब्दों में समेटा भी नहीं जा सकता था। जैसे पुराने अखबारों की कतरनों से हम समाचार को खोजकर संदर्भ के साथ जोड़ते थे ठीक वैसे ही मां कब-कब की बातों को याद कर बहू को बताने लगी।

माँ बता रही थी कि दोनों भाई घर में पैदा हुआ थे, तब कच्चा दो कमरे का खपरैल का घर था। एक कमरे में सास व ससुर सोते थे, दूसरे में मैं, इनके पिता के साथ। बाहर छपरैल में खाना बनाती थी। गांव में एक अस्पताल तो था पर कोई अस्पताल तभी जाता जब कोई एक्सीडेंट हो जाता या मरने

वाला होता था। डॉक्टर भी अक्सर सरकारी काम से शहर ही जाते रहते, एक नर्स और एक कंपाउंडर, दो तीन सफाई के कर्मचारी से पूरा महकमा में इलाज होता था। अब तो अस्पताल काफी बड़ा हो गया, सुना है पर कभी जाने को मौका नहीं मिला।

उस समय छोटा सा अस्पताल सरकार ने बना दिया था। **परिवार नियोजन** का तब खूब प्रचार चल रहा था। फिर हंसती हुई बोली- **"जब ये दोनों जुड़वाँ पैदा हुए तो सबने हंसते हुए कहा था, भाभी अब तो 'दो' एक साथ कर ली, तीसरा मत करना।"**

फिर थोड़ा हंसी पर कंट्रोल करते हुए बोली- **"मुझे इतनी हंसी आई कि आज भी सोचती हूँ तो हंसी आ जाती है। इनके पिता तो एक माह के बाद ही पीछे लग गए। बड़ी मुश्किल से जान छोड़ते।"**

थोड़ा हंसते हुए माँ ने अपनी बात जारी रखी। तब तक बहु माँ की थाली, और अपनी थाली लेकर पास ही बैठ गई, मैंने बिटिया के बारे में पूछा तो, भाभी बोली कि वो खा कर सो गई है।

मां बताने लगी कि जब दोनों का जन्म होने का समय आया तो इनके पिता जी एक बार बोले, कि तुमको शहर के किसी अच्छे डाक्टर से दिखा लाता हूँ। जांच भी हो जाएगी और सुना है वे मशीन से देख कर बता देगें .....

फिर कुछ बोलते-बोलते रुक गई। मैंने ही मना कर दिया नहीं सातवां माह चल रहा है मुझे कहीं नहीं जाना। जो होगा भगवान की मर्जी। फिर एक हल्की सांस लेते हुए .... भगवान ने एक साथ झोली ही भर दी। तब मेरी सास ने मुझे बताया कि तेरे ससुर जी पूरे गांव में लड्डू बांटे थे। माँ की बातों में दर्द भी झलक रहा था तो खुशी भी। कभी साड़ी के आंचल से आंखों को पूंछती तो कभी हंसती हुई अपनी बातें बताती। बेटी एक हो जाती बस, सोच के रोने लगती।

अब तो भगवान ने मुझे दो बेटियाँ भी दे दी। सोनू और तेरी बेटी बिट्टू।

फिर रोटी को चबाते हुए, चबाने की आवाज के बीच में ही रोक कर बोलने लगी... गांव में बस एक ही नर्स थी जो बच्चा जन्माने के लिए आती थी। एक-दो बार वही आकर देख लेती और बोलती भाभी दर्द होने से बुला लेना, अभी दस दिन बाकी है। वह दिन का हिसाब लगाती रहती और समय पर उसे कैसे पता चल जाता कि आज मुझे दर्द होगा वो सब तैयारी कर के चली जाती। कमरा अलग कर देती। मिट्टी को दो घड़ा लाकर रख देती। कमरे की खिड़की को अच्छे से बंद कर देती। मुझे सिर्फ साया-ब्लाउज में ही रहने बोल जाती। काम करने को मना कर देती। दिन में दो बार आकर संभाल जाती। शाम के वक्त वो फिर आ गई इस बार साथ में एक महिला को भी साथ लाई थी, दोनों ने भीतर से कमरा बंद कर लिया था। मुझे तभी पेट में दर्द उठना शुरू ही किया था। नर्स को देखकर रोने लगी थी.....

“**दीदी बचाओ बहुत दर्द हो रहा है।**“ उसके बाद मुझे कुछ याद नहीं क्या हुआ। जब नींद टूटी तो सुबह हो चुकी थी । मेरी गोद में दोनू बच्चे रो रहे थे। सास ने बताया कि दोनों जुड़वाँ लड़का हुआ है तेरे बायें वाला पहले और दायें वाला बाद में हुआ है। सास ने पहले वाले को बड़ा काला टीका लगा दिया था और दूसरे वाले को छोटा काला टीका लगा रखा था।

माँ की बातें सुनते-सुनते हमें काफी देर भी हो गई थी, बीच में माँ ने भाभी से पूछा - “अरे श्यामा ने बहुत देर कर दी, रोटी बनाई है न उसकी?”

भाभी ने हाँ कहा, फिर रूक कर **“उनका फोन आया था सो बनाकर रख दी हूँ, बोले आने में देर होगी। तुम खा लेना।”**

खाना खाते-खाते मोबाइल पर समाचार देख।-

"हाईकोर्ट ने प्रदेश के छोटे शहरों, कस्बों व ग्रामीण इलाकों में संक्रमण तेजी से बढ़ने तथा मरीजों के इलाज में हो रही लापरवाही

पर तीखी टिप्पणी करते हुए कहा है कि सूबे की स्वास्थ्य व्यवस्था राम भरोसे चल रही है। उसमें तत्काल सुधार की आवश्यकता है।

हम लोग खाने से उठ कर, मैं बिस्तर पर लेटा-लेटा समाचार देख ही रहा था कि तभी सोशल मीडिया पर भयावह तस्वीरें आ रही थी, कई लोग मदद मांगते हुए सोशल मीडिया पर मारे-मारे फिर रहे थे। किसी को अस्पताल में बेड नहीं मिल रहा था, जिसको मिला भी तो, उसे दवा-ऑक्सीजन नहीं मिल रही। गांव में तो अस्पताल के नाम पर बस खानापूर्ति चल रही थी, सब कुछ **"राम भरोसे"** चल रहा था, किसी की भी सरकार आयी हो, इन 70 सालों में किसी भी सरकार ने गांव के अस्पतालों-स्कूलों की बात तो छोड़ दीजिये, शहरों में भी कोई ध्यान नहीं दिया। अब कोई पिछली सरकारों से बात तो ही नहीं करता। सारा का सारा दोष आज की सरकार पर ही पर ही डाल दिया। भला इनका क्या दोष? ये तो कल ही तो सरकार बनाये हैं। सरकार को भले 5-10 साल हो गए, पर उन्हें कितना काम करना पड़ता था। अब कोरोना को इन लोगों ने तो नहीं बुलाया जो सबके-सब आज की सरकार पर ही पील गए।

अमूमन हर गांव से रोज़ाना 5 से 10 लाशें जलाने-दफनाने-नदियों में बहाने-या गड्ढे में फेंकने, जिसको जैसा बन पड़ रहा था कर रहा था। कौन किस जाति का है किस धर्म का है, सब कुछ भूला चुके थे। पूरा "**राम राज्य**" था। पूरे गांव में हाहाकार मचा है। हर जगह ऑक्सीजन के कारण तबाही का नंगा दृश्य सामने आ रहा था।

ये लोग सरकार चला रहे हैं, कोई अस्पताल नहीं। इनका काम स्कूल या अस्पताल चलाना नहीं है। वैसे भी आजकल गाय की सेवा से लेकर भगवान राम की सेवा का भार इनके दो कंधों पर आ गया है। राम मंदिर का निर्माण नहीं हुआ तो फिर लोगों को स्वर्ग कैसे मिलेगा?

इतने ईमानदार नेताओं पर कटाक्ष करते हुए हमें डूब मरना चाहिए। हमारी अगली पीढ़ी हमें कभी नहीं माफ करेगी। एक तो बड़ी ताकत से

हमने इनको सत्ता में लाया अब उनका साथ छोड़ देंगे। मुसलमानों के अहंकार को चकनाचूर कर दिया, कश्मीर की समस्या को मिनटों में सलटा दिया। राम मंदिर बनने लगा और क्या चाहते है ये लोग? ऐसे गद्दार तो हमने नहीं देखा कभी। आज थोड़ी आपदा क्या आ गई, लाख-दो लाख लोग महज 10-15 दिनों क्या मर गए? लगे सरकार को जो-तो बोलने लगे। शर्म आनी चाहिए इनको।

रामप्रसाद जी को संपादक ने बार-बार सतर्क कर दिया था, कुछ भी लिखो बस पॉजिटिव ही होना चाहिए।

संपादकों की अपनी लाचारी होती है, मालिकों के जूतों के तले उनको ही सीधे रोज जूते खाने पड़ते हैं। एक दिन का विज्ञापन बंद हो जाने से व्यापारियों को कितना नुकसान होता है इसका अंदाज तो मालिक लोग ही लगा सकते हैं। सब कोई **रामनाथ गोयनका** तो बन नहीं सकते, जिसने पत्रकारिता की जगत में इतिहास लिख दिया जिसने **स्व.इंदिरा गांधी** के अहंकार को कलम की ताकत से रौंध डाला था। स्व.इंदिरा गांधी से बड़ी ताकत तो अभी भी मंत्री सरकार के पास नहीं आई है जिस स्व.इंदिरा गांधी ने, ना सिर्फ भारत के संविधान में एक दिन में 59 संशोधन कर डाले थे। पाकिस्तानी सेनाओं को घुटनों के बल रेंगा कर बांग्लादेश को आजाद करा दिया था। भिंडरावाले जैसे खुंखार आतंकवादी को स्वर्ण मंदिर में घेर के मार डाला था। किसी सरकार की इतनी ताकत जो यह कर सके? पर इससे क्या होता है। देश को आजाद तो नहीं करा सकी **स्व. इंदिरा गांधी**। हां! इसका जवाब भी रामप्रसाद ने खोज लिया था।

रात कैसे गुजर गई कुछ पता नहीं चला, पौ फटते ही नींद टूट गई। भाभी जी जगी हुई थी, बोली भईया रात काफी देरी से आये थे, खाना खाकर सो गए, बोले सुबह जल्दी जाना है पता नहीं बार-बार किसी से घाट पर लकड़ियां पहुंचाने के लिए बोल रहे थे। भाभी जी की इस बात से कुछ नया संकेत देने लगा मुझे। जरूर हो ना हो इस गांव या आस-पास के सभी गांवों में जिन-जिन गांवों के लोगों को मंत्री जी की सभा में जमा किया गया था

उनमें से अधिकांश गांव के लोगों को अब कोरोना हो चुका है जो धीरे-धीरे सबको मौत के मुंह में धकेल रहा था। अब मेरे से भी रहा नहीं जा रहा था। कुछ पता तो करना ही होगा। सोच कर भाभी जी कहा कि थोड़ा बाहर घूम आता हूँ, फिर चाय बना देना। भाभी ने हां कह दिया तो, मैं जल्दी से घर के बाहर सड़क पर चेहरे को अच्छे से मास्क से ढक कर निकल पड़ा। अभी थोड़ी दूरी चला ही था कि किसी ने पीछे से आवाज दी। अरे... रामाआआअआा

पीछे मुड़कर देखा, तो मुझे लगा कि स्कूल में पढ़ाने वाले मेरे गुरु जी हैं, हम लोग गांव में उनको मास्टर जी बोल कर ही पुकारते थे। मैंने रुक कर उनको प्रणाम किया और उनका हाल-चाल पूछा।

उन्होंने भी मेरा समाचार लिया फिर गांव कैसे आना हुआ, जानकर बताने लगे कि इस बार विधान सभा चुनाव के पहले तक गांव में सब ठीक चल रहा था, पर चुनाव के समाप्त होते ही जैसे-जैसे दिन गुजरने लगे किसी को बुखार, किसी को खांसी की शिकायतों से सभी दवाखाने भर गये। मरीजों की कतार लगने लगी। गांव में तीन-चार डॉक्टर ही हैं बाकी सब झोला छाप डॉक्टरों से पूरा गांव भरा हुआ है। सब कोई इलाज करने लगे। कुछ लोग ठीक भी हुए तो कुछ को अस्पताल में भर्ती होना पड़ा। तब तक तो सब ठीक चल रहा था । फिर रुक गए। बोलते-बोलते रोने लगे।

जिलाधिकारी से हम लोग मिल कर भी आये कि कुछ कीजिए। बोले हमने सरकार के पास इसकी सूचना भेजी थी। उधर से संदेश आया कि गांव के लोग खुद ठीक हो जाएंगे, आप पैनिक मत फैलायें। सो तब से डी.एम. सा'ब गांव के लोगों से मिलना ही बंद कर दिए। दो-चार दिन बुखार रहने के बाद कुछ तो ठीक हो रहे थे, तो वहीं कई लोगों को सांस फूलने की समस्या सामने आने लगी। हमने फिर सरकार से गुहार लगाई। पर कुछ नहीं कर सके। अब तुम शाम में मिलना आगे की बात बताऊंगा। बोल कर मास्टर जी बात को एक रहस्यमय तरीके से बीच में ही रोक कर आगे बढ़ गए।

मास्टर जी ने जो कुछ रामप्रसाद जी को बताये, उससे रामप्रसाद को अब तक यह तो आभास हो चुका था कि गाँव में सब कुछ ठीक नहीं है। भैया का लकड़ी की बात करना, किसी खतरे का संदेश दे रही थी। रामप्रसाद जी आस-पास की एक चाय की दुकान के पास रुक गए यूं ही कुछ पूछना चाहा, तो चाय वाले ने बस इतना ही कहा कि हम सच नहीं बोल सकते। सुना है सच बोलने से सरकार जेल में बंद कर देगी। मैंने उनको विश्वास दिलाने की चेष्टा की, कि मैं इसी गांव का फंलाने का लड़का हूँ, पर उसने कुछ भी बोलने से साफ इंकार कर दिया। अब तक मुझे यह तो समझ में आ गया था कि सरकार ने सिर्फ अखबारों का ही गला नहीं दबाया है, इन गरीब लोगों का भी गला दबा चुकी है। बेचारे गरीब आदमी दाल-रोटी कमाएंगे कि कोर्ट के चक्कर लगाएंगे? खुद से प्रश्न कर चुप हो गए राम प्रसाद जी।

कुछ आगे बढ़ा तो कुछ युवकों को देख कर उनके पास चला गया। उनसे हाल-चाल पूछने लगा तो सब अचानक से चुप हो गए। बोल अंकल जी घाट पर चले जाओ, सब कुछ जान जायेगें।

रामप्रसाद जी को धीरे-धीरे स्थिति को संग्रहित करते-करते इस निष्कर्ष पर तो आ गये थे, कि गांव में कुछ गड़बड़ तो है। सरकार के डर से कोई बोलना नहीं चाह रहा। ठीक आपातकाल जैसे हालात गांव मैं फैला हुआ तो कोई भी व्यक्ति दीवार से भी बात नहीं करना चाहता था। कब उसे सरकार ***मीसा** में बंद कर देगी। कोरोना का पहले साल में तो गांव वाले यह कह कर निकाल दिये थे, कि गांव में कोरोना का कोई भय नहीं है पर जैसे-जैसे चुनाव खत्म होते गए। कोरोना ने गांव में भी तेजी से अपने पांव पसार लिये थे। इस बार की कोरोना काफी खतरनाक भी थी, जो आदमी की श्वांस नली को चंद दिनों में जकड़ देती और आदमी को सांस लेने की परेशानी से उसका दम घुटने लगा। समय पर उनको आक्सीजन दवा और इलाज नही किया जाए तो उसकी मौत तय थी।

(*मीसा - आपातकाल के समय यह कानून कांग्रेस सरकार की देन थी जिसमें किसी भी व्यक्ति को बिना उसके अपराध को बताये हिरासत में लेने का प्रावधान था। जिसे बाद में जनता पार्टी की सरकार ने रद्द कर दिया।)

----

३. जंगल में एक सियार

"एक जंगल में एक सियार रहता था, वह बहुत चालाक था। एक दिन उसे नील पहाड़ी पर नील रंगा देखने को मिला, वह उसमें लोट-पोटकर देखा कि वह भी नील रंग का हो गया है। उसने जंगल में आकर सबको बताया कि भगवान ने उसे नील कर दिया और भगवान ने आदेश भी दिया है कि- ''जाओ तुम आज से जंगल के राजा बन गए।"

आपने अब तक पढ़ा....

मीसा - आपातकाल के समय यह कानून कांग्रेस सरकार की देन थी जिसमें किसी भी व्यक्ति को बिना उसके अपराध को बताये हिरासत में लेने का प्रावधान था। जिसे बाद में जनता पार्टी की सरकार ने रद्द कर दिया।

आगे पढ़ें.....

भारत के अधिकांश गांवों में पिछली सरकारों न अब तक कोई ऐसी व्यवस्था ही नहीं की थी, कि आदमी को आपात परिस्थिति में ऑक्सीजन दी जा सके। बेचारे मंत्री जी ने गांवों में घर-घर बिजली पहुंचा दी। बैंकों में खाते खुलवा दिये कि कालाधन आते ही, सीधे सबके खातों में जमा हो जाएगा '**कालाधन**'। सिलेंडर पहुंचा दिये कि खरीदो और खाओ। भले ही 400 की जगह 1200 में लेना क्यों न पड़े। पहले 400 के गैस सिलेंडर पर मंहगाई की मार थी, अब यह देश की सेवा है। अब राष्ट्र की सेवा करने में लोग काहे पीछे रहेगें ? कितने ही जवानों ने तो जान की कुर्बानियों तक लगा दी, आपको, हमको अब मौका मिला है, देश सेवा का।

देश के हर गांवों में **मोबाईल टॉवर** भी पहुंचा दिया सरकार ने। बस अब केवल शिक्षा और ईलाज की कमी है वह भी हो जायेगा। देश के 80 करोड़ लोगों को 5 किलो अनाज देने वाला विश्व का सबसे महान देश, शिक्षा और ईलाज की व्यवस्था तो करेगा ही।..? उनको यह पता होता कि गांव के लोग ऐसे मरेगें तो ऑक्सीजन को भीअपनी फोटो वाली बोड़ियो में भर कर, गाड़ियों में लाद कर पहुंचा ही देते।

अब रेल गाडी से याद आया- जब रेल लाइनें ही नहीं बिछाई पिछली सरकारों ने तो, आज के मंत्री जी का क्या दोष? इसमें वे प्रयास करे तो भी कैसे करे? गांव का रास्ता तो आने-जाने लायक होना चाहिए। अब सरकार लाचार नहीं हो तो क्या हो?

मुझे तो इस कोरोना के पीछे विपक्ष की गहरी चाल नजर आती है, उनको पहले से ही पता था, कि देश में ऐसी महामारी आने वाली है जिसमें लाखों लोग मारे जाएगें। सो पहले से ही बेचारे भोले-भाले मंत्री जी को बुरी तरह से फंसा दिया। यह तो उनकी कला की दाद देता हूँ कि सबको ताली और थाली में उलझा दिया। 70 सालों से देश में गांधी परिवार का ही राज था, उन लोगों ने तो कोई विकास किया ही नहीं, आज संकट के समय सारा दोष आज की सरकार पर दोषारोपन करना कहाँ तक सही होगा? सच पानी की तरह चमकने लगा। गंगा को गंगा करने का सच।

विश्वासः
हाथ में खून की बोतल लिए
खड़ा एक मरीज,
मांग रहा था डॉक्टर से भीख,
दया करो माई-बाप,
आपके हाथों का स्वाद
कुछ अनोखा है,
न कोई कत्ल, ना कोई धोखा है-
दीवारों पर लिखे नारों पर
हमें आज भी इतना भरोसा है।

क्या शहर हो या गांव जहाँ सड़कें हैं वहां भी तो लोग ऑक्सीजन ना मिलने से मर रहे थे, तो गांव में ऑक्सीजन कैसे मिलेगी? सरकार का यह काम तो नहीं कि घर-घर किसी को ऑक्सीजन पहुंचाये, किसी को दवा। उसके लिए शहरों में बड़े-बड़े अस्पताल खोले हुए हैं, जिलों में सदर अस्पताल, कई गाँवों में चिकित्सा केन्द्र। डाक्टर सब जगह उपलब्ध हैं। लोग जायें और अपना इलाज करा ले। सरकार आपके लिए वैक्सीन भी बनवा दी है। लोगों को मुफ्त दी जानी है। देश के हर नूक्कड़ों पर बड़े-बड़े बैनर इस बात की घोषणा कर रहे थे कि सरकार ने सबके लिए मुफ्त वैक्सीन की व्यवस्था कर दी है, भले ही इसके लिए पैसे चुकाने पड़े।

रामप्रसाद जी यह सब सोचते-सोचते घर वापस आ गए थे भाभी जी इंतजार ही कर रही थी, बोली आप मंजन-ब्रश कर लीजिए, मैं तब तक आपके लिए चाय बना लाती हूँ।

तभी सीमा का फोन बजने लगा। बोली गैस खत्म हो गया है बुक करा दीजियेगा। अक्सरा मेरे ही फोन से गैस की बुकिंग होती है। गैस कम्पनी में मेरा ही फोन रजिस्टर्ड है। सो यह काम मेरे ही जिम्मे रहता है। जब तक नई सरकार नहीं आई थी गैस का दाम 400 से 500 के बीच हुआ करता था और रिफण्ड 200 के करीब आ जाता था। परन्तु जब से नई सरकार देश ने गैस के दाम कम करने का वादा तो बहुत किया था, पर आज गैस 1000 से 1100 के बीच मिलती है और रिफण्ड के नाम से 19 रुपये 50 पैसे वापस आते हैं । इसमें इनको कोई दोष भी तो नहीं दिया जा सकता। अंतरराष्ट्रीय बाजारों में तेल/गैस के दाम अब तय होते हैं अब जो पहले नहीं होता था। अब हम भी देश की सेवा कर रहे हैं।

अब जरा मुफ्त वैक्सीन की बात कर लें, फिर इस प्रकार की दोहरी प्रणाली तो कभी हमने नहीं देखी थी। खासकर जब देश एक बड़ी आपदा से जूझ रहा हो। इन सभी नेताओं की बात जितनी बड़ी-बड़ी लगती है दिल उतना ही छोटा और संकरा है। जिसमें हवा जाने के सारे रास्ते बंद हैं। इनको बस

एक ही चीज दिखाई देती है, कैसे देश के नागरिकों को चुनाव के समय मूर्ख बनाया जाए। बस किसी भी प्रकार से जनता को साम-दाम-दंड-भेद से लूट लिया जाए। इन राजनीतिक दलों का बस एक ही उद्देश्य बचा रह गया है। रामप्रसादजी बीच-बीच में यह सब बातें सोचने लगते हैं। कहते हैं 15 दिनों के चुनावी कार्यक्रम में किस प्रकार सभी राजनीतिक पार्टियों देश के मतदाताओं को लूटकर, अपना उल्लू सीधा कर के, मूर्ख बना कर, पांच साल गधे की सींग की तरह गायब हो कर देश की सेवा करते हैं, देखते ही बनता है।

भाभी ने चाय के साथ दो गरम-गरम पराठे और आम का आचार लाकर दिया। देखते ही सारी बातें भूलकर नाश्ता करने लगा था।

तभी सोनू अपनी ढेरों किताबें लेकर मेरे पास आ गई। बोलने लगी-
''अंकल देखो! मेरे पास कितनी किताबें हो गई।''

एक-एक कर के अपनी सभी किताबों का परिचय देने लगी। इसमें बहुत सारी अच्छी-अच्छी कहानी है, पढ़ कर सुनाऊं? उसकी बात से मुझे मेरी बेटी याद आने लगी । वह भी हिन्दी की कहानियां ऐसे ही पढ़कर सुनाती है। मैंने सोनू को **'हां'** कहा तो, उसने कहानी पढ़कर सुनाना शुरू कर दिया।

"एक जंगल में एक सियार रहता था, वह बहुत चालाक था। एक दिन उसे नील पहाड़ी पर नील रंगा देखने को मिला, वह उसमें लोट-पोटकर देखा कि वह भी नील रंग का हो गया है। उसने जंगल में आकर सबको बताया कि भगवान ने उसे नील कर दिया और भगवान ने आदेश भी दिया है कि- ''जाओ तुम आज से जंगल के राजा बन गए।"

सब जानवर डर कर उसे अपना राजा मान लिए। एक दिन जोरों की आंधी-बरसात में उसका सारा नीला रंग पानी में बह गया। सबने देखा कि यह सियार तो झूठ बोल रहा था। भगवान ने नहीं इसने नीले रंग से खुद को रंग कर खुद को भगवान का फरिश्ता बताने लगा था। सबने उसे घेर लिया और मार दिया।''

सानू की कहानी जैसे ही समाप्त हुई थी कि 'भाई सा'ब' आ गए। भाभी की तरफ देखते हुए बोले मेरे लिए गर्म पानी कर दो नहाकर फिर जाना है फिर मेरे पास बैठ गए। उनका बदन पसीने से तर-बतर था। कोरोना के चलते आज कल प्रायः लोग गर्मपानी का व्यवहार करने लगे थे। बताने लगे करीम चाचा का बागान कटवा रहा हूँ, अचानक से चार गांव से लकड़ी की काफी डिमांड आने लगी।

पिछले साल ही करीम चाचा के जवान लड़के को गांव के कुछ लोगों ने गरीबों बच्चों को पढ़ाने के चलते उस पर झूठा आरोप लगा कर, मॉब लिंचिंग दिया था। कोई बचाने भी नहीं आया। जब गांव में काफी तनाव हो गया तो **करीम चाचा** ने कहा, **"मैंने अपना जवान बेटा खोया है - अल्लाह के लिए अब आप लोग मत लड़ो।"** तब जाकर मामला शांत हो गया, सरकार ने तो आज तक उन अपराधियों को पकड़ा तक नहीं, बोलते हैं कि जांच चल रही है।

गांव में दो बागान ही है जिसमें आम के पेड़ लगे थे, एक सरपंच जी का था, उन्होंने तो साफ मना कर दिया कि वे लकड़ी नहीं काटने देगें। आम लगे हुए हैं। पर जैसे ही **करीम चाचा** के पास यह खबर पंहुची, वे बोले कि यह पेड़ किस काम के? आम की बात छोड़ो, आप पूरा बागान ही काट लो। पैसा की बात करते ही रोने लगे। अरे पगलों मेरे बच्चों की लाश को जालने के पैसे कैसे लूंगा? गांव के श्मशान घाट पर चारों तरफ से रोजाना 10-15 लाशें आ रही थी। फिर भईया आगे कुछ बोलते-बोलते, चुप हो गए।

फिर कान के पास धीरे से आकर बोले, सरकार की तरफ से सख़्त मनाही है कि गांव की खबर बाहर नहीं जानी चाहिए। पिछले चार दिनों अब तक 70 लाशें जल गई, कभी गांव में साल भर में चार-पांच लोग ही मरा करते थे। मुझे तो लगता है यह महामारी पूरे गांव को खा जायेगी। सरकार कान में तेल डाल कर सो चुकी है। बस एक ही आदेश दे रही है गांव की खबर बाहर ना जाने दें। जिसने भी खबर बाहर भेजी उसे .. फिर चुप हो गए। कल सरपंच जी ने सबको बुलाया था।

फिर बात बदलते हुए बोले तेरे लिए दो बोरा गेहूँ अलग रखा है, चना और मकई भी है। जाते समय बस में लदवा दूंगा। फिर नाहने चले गए। तभी मां ने बीच में बोला तेरे लिए आचार भी डाल रखी हूँ और दो किलो घी भी बना रखी हूँ। वो भी ले साथ ले जाना, सत्तू तो तुमको बहुत पसंद है वो भी 2-3 किलो बांध दूंगी।

मैंने हां में सर हिलाया और फिर भैया के नहाकर आने का इंतजार करने लगा। मैं मन ही मन इन समानों को हिसाब फलाने लगा।

भईया से यह सब सुनकर मन व्याकूल होने लगा था।

भईया स्नान-पूजा-पाठ कर के भोजन के लिए मेरे पास ही बैठ गए। मेरा हाल-समाचार पूछने लगे। मैंने बताया कि आजकल सब कुछ ठीक नहीं चल रहा है। सीमा ने कहा कि जाओ भैया जी से सलाह कर लो वही तुम्हारे गार्जन भी हैं। सो बहुत दिनों से यही सोच रहा था एक सप्ताह की छुट्टी मिली तो सोचा गांव भी घूम आता हूँ और आपसे सलाह मशविरा भी कर लुंगा।

तब तक भाभीजी ने भईया के लिए भोजन परोस दिया था, मेरे विषय में पूछने पर भाभी ने जवाब दिया बस अभी ही नाश्ता किये ही हैं। उन्होंने सूर्य भगवान को जल चढ़ाया, थाली से दो-तीन रोटी के कुछ छोटे-छोटे टूकड़े कर गौ-ग्रास सब्जी के साथ, लेकर पास रखी एक खाली कटोरी में

रखा, फिर जल से अर्पण कर के कुछ सेकेण्ड आंखों को बंद किये और भोजन करते-करते बीच-बीच में मेरे से बातें भी करने लगे। दिन के लगभग 10 बजने को थे, धूप भी तेज हो गई थी, साथ ही हल्की मंद-मंद ठंडी हवा का झौंका कुछ अलग ही आनंद दे रहा था, जैसे भगवान खुद आकर अपने हाथों से भईया जी को हवा दे रहे हों, उनके मन में कहीं किसी के प्रति बहुत बड़ा आक्रोश भी झलक रहा था तो, एक संतोष भी, कि गांव में आज भी करीम चाचा जैसे लोग रहते हैं जो इस संकट की घड़ी में भी गांव के साथ खड़े हैं।

बता रहे थे कि करीम चाचा बोल रहे थे- **"आम के पेड़ तो फिर लग जाएगें, इस जमीन की भी जरूरत हो तो बेच दो"**, एक तरफ करीम चाचा तो दूसरी तरफ मुखिया जी जिसके पास पिछले दो-तीन चुनावों के बाद इनके पास अपार दौलत जमा हो गया था पर अभी तक गांव को कोई विकास नहीं हुआ था। जो गांव में संकट के काम ना आ सके? गांव के कुछ लोग उनके पास गए थे। मुखिया जी ने सबको भगा दिया, बोले खैरात नहीं बांट रहे। भागो सब, कोरोना हो जाएगा मुझे।

चुनाव के समय यही मुखिया जी गांव-गांव में घूमकर प्रचार कर रहे थे सुना है कि इस बार बहुत पैसा आया था, रैली करवाने के लिए। दो गाड़ी आई थी। गांव के लोग बता रहे थे कि इस बार सरकार ने पूरी ताकत झोंक रखी थी। मंत्री जी ने इस चुनाव को अपनी प्रतिष्ठा से जोड़ लिया है। दो-तीन बार गांव में दंगे जैसे माहौल भी बनाया गया। कई हिन्दुओं के घरों को कुछ लोगों जला दिया, मुसलमानों को उकसाया गया ताकि वे कोई उग्र हरकतें करें, जिससे चुनाव में फायदा हो सके। सारा ध्यान इन लोगों का किसी भी प्रकार से दंगा भड़काने में लगा था। ताकी वोटों का धूव्रीकरण आसानी से किया जा सके।

किसी न किसी बात में कोई झगड़ा करना फिर जब लोग उग्र हो जाते तो, उसे सांप्रदायिक रूप देना इनके मुख्य एजेंडा बन चुका था, पता नहीं समाचार वालों को कैसे पहले से पता रहता कि आज अमूक गांव में जनता

उग्र हो कर सड़कों पर आयेगें। मुझे तो जरूर इस सबके पीछे कोई गहरी साजिश की बू नजर आती है। तब मंत्री काफी सक्रिय नजर आते थे उन दिनों। जबकि आज उनका कोई अता-पता ही नहीं गांव में।

खाते-खाते भईया एक बार अपने मुंह पर अंगुली रखते हुए कर बोले, तुम छाप मत देना ये सब बातें।

मैंने भईया को भरोसा दिलाया कि नहीं यह सब बातें अखबार वाले आजकल छापते भी नहीं, इन दिनों उनके पास सरकारी विज्ञापनों के पैसे बहुत आते हैं सो समाचार छापने की जगह भी कम हो गई। फिर सरकारी न्यूज एजेंसी के समाचार उनको छापने की बाध्यता रहती है। रहा-सहा संपादकीय पृष्ठ और खेल पृष्ठ, संपादकीय पृष्ठ पर अब तो वही लेख छापते हैं जो सरकार की तरफ से आते हैं। खेल पृष्ठ में खेल समाचार के बाद हमेशा जगह कम ही रहती है। रही प्रथम पृष्ठ या अन्य पृष्ठों की बात, तो प्रथम पृष्ठ तो सरकार के भेंट चढ़ जाता है। अन्य पृष्ठों में पिछले एक माह से दो-तीन पेज तो मृतकों के विज्ञापनों से ही भर जाता है। स्थानीय समाचार भी बहुत सावधानी से छापा जाता है कहीं सरकारी विज्ञापन बंद ना हो जाए इस बात को डर बना रहता है। संपादक जी ने हमें बार-बार हिदायत दे रहे थे कि कहीं हमारी बदनामी ना हो। विदेश वाले हमारे समाचारों का मजाक उड़ाते हें जिससे देश की भारी बदनामी होती है। सो जो भी हो हम मर जाएं पर समाचार नहीं छापना है। देश की छवि को कोई आंच नहीं आनी चाहिए।

परन्तु देश की कुछ उच्च अदालतें अभी भी वादा खिलाफी कर रही है उनके कथनों को तो छापना ही पड़ता है। ताकत तो है ही, इतनी बड़ी आपदा को चुप रह कर, भीतर ही भीतर बड़ी सावधानी से नियंत्रण कर रहे हैं एक-एक दिन में देश भर में हजारों लोग मारे जा रहे हैं पर किसी की क्या मजाल जो छाप दे। किसी भी समाचार को कैसे दबाना होता है, इनको बखूबी आता है। बस एक साथ विपक्ष पर चारों तरफ से हमला कर देते हैं। विपक्ष उस हमले से खुद को

बचाता है तब तक उनकी बात ही भूल जातें हैं लोग। हमलोगों ने पत्रकारिता के कई गूढ़ सीखें, पर नेताओं के गूढ़ को अभी भी सीखना बाकी है।

विपक्षी पार्टियां इस खेल को अच्छे से समझ चुकी थी। नेता जी एक-एक सीट पर दाव चले जा रहे थे। पूरे प्रदेश में सरकारी गुप्तचरों को फैला दिया गया और जमाने पुराने किसी भी देश के मार-पीट के पुराने आपसी लड़ाई, दंगे की वीडियो को आज के माहौल में नये शब्दों के साथ देश के उन प्रान्तों में फैलाया जाने लगा जहाँ नेता जी की सरकार नहीं है। मीडिया में छोटी से छोटी आपसी झड़प को दंगे का रूप दे कर बढ़ा-चढा कर दिखाने लगी।। ये सब नई मीडिया की आचार संहिता है जिलसमें ऐसी सूचनाओं को प्राथमिकता दी जाती है जिसमें देश के अंदर सौहार्द पूर्ण माहौल को तार-तार किया जा सके। झूठे समाचारों को खुलकर फैलाना एक प्रचलन सी बन चुकी है।

इन दिनों पता नहीं कब किस खबर से कौन विदक जाए? जब जिसकी सरकार होती है समाचार पत्रों और मीडिया हाउस को उनके कहे अनुसार ही चलना होता है, कभी कुछ कम या वैसी। इन दिनों इन पर नियंत्रण ही सरकार का है। कब किस समाचार पर घोड़ा विदक जाए, बहुत सावधानी रखनी होती है। हमें। रामप्रसाद जी बड़े असमंजस्य में थे।

भैया खाना खाकर आराम कर ही रहे थे कि सोनू फिर मेरे पास आई बोलने लगी अंकल जी! अंकल जी! एक कविता सुनाऊँ?

मैंने उसका मन रखने के लिए **'हां'** किया तो -

भैया हंसते हुए बोले हां!.. हां .. सुनाओ- "अंकल को ही, मेरे को तो भूल ही गई।"

सोनू ने हंसते हुए कहा- **ओ.के. पाप आपको भी सुनाती हूँ और वह दोनों के बीच ही खड़ी हो कर यह कविता सुनाने लगी।**

छह साल की छोकरी

आम की टोकड़ी
छह साल की छोकरी,
भरकर लाई टोकरी।
टोकरी में आम हैं,
नहीं बताती दाम है।
दिखा-दिखाकर टोकरी,
हमें बुलाती छोकरी।
हमको देती आम है,
नहीं बुलाती नाम है।
नाम नहीं अब पूछना,
हमें आम है चूसना। #NCERT Class 1

रामकृष्ण शर्मा जी की इस कविता में हांलाकि प्रकाशक ने कवि का नाम तो गायब कर ही दिया था, मैं मन ही मन सोचने भी लगा, फिर सोनू की किताब लेकर देखने लगा, मेरी समझ में यह बात नहीं आ रही थी कि छह साल की बच्ची से आम बिकावाना कितना उचित? कवि ने किस संदर्भ में लिखी है यह कविता यह तो मुझे नहीं पता, हाँ कक्षा एक के बच्चों से आम बिकवाना, किसी भी अर्थ में सही नहीं लगा। यह कोर्स में कब से चल रही है, इसे हटा दिया जाना ही उचित प्रतित होता है।

कुछ देर चुप ही रहा, फिर सोनू ने सवाल किया- **"कैसी है मेरी कविता?" आपको पसंद आई?**

मैंने उसे शाबासी देते हुए कहा बहुत सुन्दर है, तुमको पूरा याद हो गया है?

बोली हां मुझे पूरा याद हो गया है।

तभी भाभी जी ने सोनू को पास बुला लिया, बोली अंकल को, पापा से बात करने दो। सोनू मुझे बोलते हुए चली गई रात को आपको एक कहानी सुनाऊँगी। मन ही मन सोचने लगा। यह तो समझ में आ गया था कि सोनू के साथ मेरा समय अच्छे से निकल जायेगा, उसकी प्यार-प्यारी बातों से मन भी बहल जाएगा, उसका मन भी लग जाएगा। मैंने पहली बार सोनू से बात कर यह अहसास किया कि बिटू से भी मुझे ऐसे ही बातें करनी चाहिये, वो तो बेचारी घर में अकेली ही है। यहां गांव में तो बहुत सारे बच्चों को आस-पास खेलने भी मिल जाता है, शहर में तो हम लोग बच्चों को एक पल भी अलग नहीं छोड़ते।

-----

4. ALIUD EST DISTINCTIO

लेटिन में एक **कहावत "ALIUD EST DISTINCTIO, ALIUD SEPARATIO"** बहुत प्रचलित है। **"कोई चीज अलग दिखती है यह अलग बात है पर उसको अलग कर देना, अलग बात है।"**

आपने अबतक पढ़ा....

तभी भाभी जी ने सोनू को पास बुला लिया, बोली अंकल को, पापा से बात करने दो। सोनू मुझे बोलते हुए चली गई रात को आपको एक कहानी सुनाऊँगी। मन ही मन सोचने लगा। यह तो समझ में आ गया था कि सोनू के साथ मेरा समय अच्छे से निकल जायेगा, उसकी प्यार-प्यारी बातों से मन भी बहल जाएगा, उसका मन भी लग जाएगा। मैंने पहली बार सोनू से बात कर यह अहसास किया कि बिट्टू से भी मुझे ऐसे ही बातें करनी चाहिये, वो तो बेचारी घर में अकेली ही है। यहां गांव में तो बहुत सारे बच्चों को आस-पास खेलने भी मिल जाता है, शहर में तो हम लोग बच्चों को एक पल भी अलग नहीं छोड़ते।

आगे पढ़ें.....

भाई साब थोड़ा सरक के मेरे पास बैठ गए, इसी चौकी पर पिता जी हमेशा गांव की पंचायत लगाया करते थे, कोई न कोई बापू जी के पास अपनी समस्या लेकर आ ही जाता था, किसी के भाई-भाई का झगड़ा, तो किसी के बहु-बेटी का, तो कभी जमीन को लेकर, तो कभी पानी को लेकर, समस्या कुछ भी हो बापू जी उसका हल निकाल ही देते। बस एक बात पर बापू जी हमेशा जोर देते जैसी बेटी, बहु भी वैसी ही। **"बेटी को अच्छे संस्कार दो, बहु भी संस्कारी ही मिलेगी"** इसी चौकी के ठीक ऊपर बाबू जी की एक पुरानी तस्वीर भी लगी थी जिसमें भैया जी और मेरे को तब हम दोनों पांच साल के हुए होगें, अपनी गोदी पर बैठा कर हंस रहे थे।

कितनी प्यारी तस्वीर है। भैया ने मुझे देखते हुए कहा तुम कितने प्यारे लगते हो ... इस तस्वीर में । गांव की सारी बातें याद आने लगी थी मुझे।

फिर भैया ने मेरे से पूछा, आजकल तुम कुछ परेशान से लग रहे हो, बताओ, क्या कोई बात है क्या? पैसे की जरूरत हो तो बताना मेरे पास बैंक में एक लाख रुपये तेरे लिए ही रखे हैं तेरी बेटी की शादी के लिए। पिछले साल ही फसल की सही कीमत मिली थी, वरना तो मजदूरी के दाम भी नहीं उठते थे। इसके पहले तो फसल के लिए बड़े-बड़े व्यापारियों के दलालों की भीड़ लग जाती थी। सरकार काम तो कर रही है पर दलालों का जमावड़ा सरकार के चारों तरफ भरा रहता है जो किसानों को हमेशा से शोषण करते आया है।

अभी तो बेटी बड़ी भी नहीं हुई है तुम चाहो तो ये पैसे ले जा सकते हो। यदि कोई काम हो तो। भैया का हाथ मेरे सर पर ऐसे रखा था मानो पिता जी ने हाथ रख दिया हो सर पर।

भाई जी की एक-एक बात मुझे हिम्मत बंधा रही थी। मैंने दबे हुए स्वर में कहा, पैसे की जरूरत नहीं, पर मैं इस काम से परेशान हो चुका हूँ। कल तक जिन संपादकों के साथ काम किया था, उनमें अब काफी परिवर्तन आ गया है। अब वहीं संपादकों का दबाव दूसरी तरह का है। पहले सरकार के खिलाफ लिखने के लिए उकसाया जाता था, अब सरकार के समर्थन में लिखने पर। ना लिखने पर बार-बार हटा देने की धमकी मिलती है। पता नहीं कितने दिनों की नौकरी रहेगी। बस यही सोच के थोड़ा घबड़ा जाता हूँ। खर्च रोज बढ़ते जा रहा हैं। नौकरी पांच साल में एक बार ही बढ़ी, वह भी सिर्फ पांच हजार रुपये ही महीने का। जबकि पिछले पांच-छह सालों में सब चीज के दाम दोगुने हो गए। रूम (कमरा) का मकान मालिक भी हर साल भाड़ा बढ़ा देता है। नहीं तो कमरा खाली कर दो। अब इस शहर में बाल-बच्चों को लेकर कैसे रह पाऊंगा यही सोच कर परेशान हूँ।

भाई जी ने फिर एक सवाल किया। तुम तो बता रहे थे कि तुम्हारे समाचार से सब बहुत खुश रहते हैं, अचानक से क्या हो गया इन संपादकों को? तुम मालिकों से बात क्यों नहीं करते?

अभी कुछ बात हो ही रही थी कि गांव के दो लोग दौड़े-दाड़े आये, एक ही सांस में बोलने लगे - **"गज़ब हो गईल-गज़ब हो गईल"** भैया ने दोनों को शांत होकर से एक-एक कर बोलने को कहा।

तभी एक ने कहना शुरू किया रात को हमने दस आस्तियां सर्जाइ थी, करीम चाचा के यहां से रात को ही दो ट्रेक्टर लकड़ी आ गई थी, बोल कर गया था कि दो ट्रेक्टर लकड़ी तैयार है दस बजे तक गिरा देगा। तभी एक की बात को दूसरे ने पूरी करते हुए बोलने लगा... पौ फटते ही एक साथ दस-बारह लाशें घाट पर आ गई, हम लोग उन लाशों को दाग लगा ही रहे थे कि कल्लू धोबी की लाश भी आ गई, हमारे पास अभी कुछ लकड़ियों बची थी, सो बाकी की बची लाशों को दाग लगाने ही वाले थे कि तभी ठाकुर जी के परिवार के किसी व्यक्ति की लाश भी घाट पर आ गई।

भईया ने पूछा तो क्या हुआ अब **"अरे बोलते क्यों नहीं?"**

बाबा कैसे बोलें- **"एक ने कहा"**

तभी दूसरे ने कहा- **"सब कुछ तो बर्बाद हो गया अब।"**

जैसे ही मुखिया जी को पता लगा कि इस घाट पर पिछड़ी जाति के लोगों को भी एक साथ जलाया जा रहा है, थाने से पहरा बैठा दिये। अब लाश की जाति पूछ कर ही लाश को घाट के अंदर आने दे रहे हैं। कल्लू धोबी की परिजन, कल्लू की लाश को उठाकर ले गए। पता चला कि वे लोग नदी के पास ही बालू में लाश को गाड़ कर चले गये। अब तक गंगा के चारों तरफ लोग लाशों को गाड़ कर चले जा रहे हैं। कुछ तो गंगा में लाशों

को बहा भी दे रहे हैं। घाट पर भी लाशें भर चुकी है। ठाकूर जी के परिवार परिचितों की भी अब तक तीन लाशें सुबह से आ गई थी।

पूरा गांव जाति में बंट चुका था आग की तरह आस-पास के गांवों से भी ऐसे ही समाचार आने लगे थे। अस्पताल से लेकर श्मशान घाट तक लोगों के जलाने की व्यवस्था अलग होने लगी। इस जात-पात ने सबसे ज्यादा नुकसान गरीबों का कर दिया, जो पिछड़ी जाति के हैं, अब ना तो उनको जीने के लिए हवा मिल रही थी ना ही मरने के लिए जगह। कौन किस से बात करे। जो ताकतवर थे वे तो जज बन गए, जो कमजोर थे वे सब के सब मुजरिम। लेटिन में एक **कहावत "ALIUD EST DISTINCTIO, ALIUD SEPARATIO"**

बहुत प्रचलित है। **"कोई चीज अलग दिखती है यह अलग बात है पर उसको अलग कर देना , अलग बात है।"**

अलग करना, अलग होना दोनों समाज के बीच एक खाई तो पैदा करती हे। जो लोग सत्ता में हिन्दुत्व के नाम से आये आज वही लोग जब खुद पर जान की बन आई, तो सारे धर्म-कर्म भूल कर अपनी-अपनी जाति को बचाने में लग गए। किसको अस्पताल में जगह मिलेगी, किसको बेड, किसको रूम मिलेगा, किसको जमीन, किसको ऑक्सीजन मिलेगी, किसको नहीं, किसको लकड़ियों से जलाया जाएगा, किसको नहीं, किसको दफनाने की जगह भी नहीं मिलेगी, किसको गंगा में बहाने की। यह अब सरकार के वे लोग तय करेगें, जो सत्ता में या जिनके पास सत्ता की कुंजी है । हिंदुत्व खतरे में है, इनका सारा प्रयास हिन्दू धर्म को कैसे समृद्ध किया जाए उस पर नहीं, कैसे हिन्दुओं को डराकर उनका वोट लिया जाए इस पर केंद्रित होता है। चुनाव जीतते ही सब भूल गए। आज देश के कुछ राज्यों से ऐसी खबरें आ रही है जो समाज में जातीय दरार तो पैदा कर रही है, साथ ही आर्थिक बदहाली/ तंगी के अभाव में भी लोग अपने परिजनों को जलाने की जगह दफनाने लगे हैं। मानो एक झटके में

ही, हिन्दुत्ववाद का झोला लेकर चलने वाले पंडितों की बखिया ही उधेड़ कर रख दी हो। इसके दूरगामी परिणाम तो होगें ही।

मास्टरजी बता रहे थे कि यही हाल अब वैक्सीन का भी हो चुका है। जो संपन्न लोग है वे पैसों से खरीद कर अपनी जान बचा लेंगे, बाकी जो गरीब लोग है वे लाइन में खड़े होने की बात तो बहुत दूर की, उनको पता ही नहीं कि यह जो लाइन, अस्पतालों के बाहर लगी हुई है कैसे लग गई? जब पूरा देश टीका उत्सव मना रहा है। उसी वक्त गरीब पांच किलो अनाज के लिए लाइनों में खड़ा था। गरीबों को पता ही नहीं यह टीका उत्सव कैसे मनाया जाएगा?

भारत सरकार की त्रिस्तरीय मूल्य प्रणाली, किसी ने किसी रूप से लोगों की जान से अधिक व्यापार के हित की सुरक्षा करती देखी जा रही है। दुनिया का कोई ऐसा देश नहीं जो इस प्रकार की त्रि-स्तरीय वितरण प्रणाली लागू की हो, त्रि-स्तरीय मूल्य प्रणाली को भी प्रोत्साहन देता हो। यह सरकार का, जनता से किये वादे के साथ वादाखिलाफी ही नहीं धोखा है। जब हम यह कहते हैं कि देश के प्रत्येक नागरिकों को सरकार मुफ्त वैक्सीन देगी। तो मूल्य चुकाने की बात कहां से आ गई? यदि भारत के एक नागरिक को भी इसकी कीमत चुकानी पड़ती है तो यह वादाखिलाफी है। सरकार बोलती कुछ थी करती कुछ थी।

भैया भोजन कर चुके थे, उन लोगों को पास बुला कर धीरे से उनको कुछ बोले, वे दोनों लोग वापस चले गए। साथ-साथ ही भैया जी भी अपनी कंठी-कुरता बदन में डाले और साइकिल के पास जाते-जाते भाभी को बोलते गए –

"रामा को पीछे वाला कमरा दिखना अभी पिछले साल ही बनाया इसके लिए"

रामप्रसाद जी मन ही मन सोचने लगे गांव में इतना कुछ हो गया, मुझे गांव आये भी तो एक साल से ऊपर हो गया था, नोट-बंदी के समय परिवार को लेकर आया था उसके बाद तो बस एक बार ही लॉकडाउन से पहले ही अकेले आया था। पिछले दो सालों से छठ पूजा में भी गांव नहीं आ सका था। इस बार चुनाव के समय संपादक ने मुझे राज्यपाल की #**बीट** लेने में लगा दी थी, सो उनके कार्यक्रम के साथ ही मुझे चलना पड़ता था।

#बीट- एक जगह के ही समाचारों को कार्यालय में भेजना, जैसे खेल समाचार, क्राईम समाचार, विधान सभा या लोकसभा के समाचार, मौसम समाचार आदि।

मन तो यही था कि चुनाव के वक्त गांव में आता, पर इन दिनों देखने में आया कि कई राज्यों के राज्यपाल पूरी तरह से राजनीति करने में व्यस्त नजर आते हैं, कहने को तो राज्यपाल या उप-राज्यपाल का पद संवैधानिक पद है। इनका कार्य राज्य की संविधान के अनुसार, विधान सभा के सत्र को प्रारम्भ कराना, मंत्री व अन्य मंत्रियों को पद की गोपनीयता की शपथ दिलाना, व राज्य में संवैधानिक संकट होने पर अपनी महत्वपूर्ण भूमिका का निर्वाहन करना होता है, इनके लिए राजनीतिक दखलअंदाजी नई बात नहीं है। कांग्रेस के जमाने में भी ऐसा होता था, पर उस समय राज्य में संवैधानिक संकट पैदा होने पर या हो जाने पर, राज्यपाल अपनी मनमानी करते थे, जैसा #**एस.आर. मुम्बई केस** में हुआ था।

#एस.आर. बोम्मई बनाम यूनियन ऑफ इंडिया (1994 AIR 1918 SC: (1994) SCC1 3) के ऐतिहासिक फैसले में भारत के सर्वोच्च न्यायालय ने अनुच्छेद 356 और इससे जुड़े विभिन्न प्रावधानों पर विस्तार से चर्चा की थी। अनुच्छेद 356 के दुरुपयोग को इस फैसले के द्वारा रोक दिया गया। इस मामले के कारण केन्द्र-राज्य संबंधों पर भारी प्रभाव पड़ा।

इन दिनों राज्यपाल की भूमिका राज्य में अपनी पार्टी के एजेंडो को सेट करने में व अन्य विचारधारा को पनपने से रोकना भी हो गया, जो किसी न किसी रूप से मार्क्सवादी विचारधारा का ही सांप्रदायिक स्वरूप कहा जा

सकता है। चीन में ऐसी ही व्यवस्था है जिसमें विरोधी विचारधारा को मौत के घाट उतार दिया जाता है।

सो संपादक जी ने मुझे राजभवन में ही लगा दिया था। दिन भर गाछ के नीचे बैठकर समय निकालते रहते थे, कई पत्रकार वहीं डेरा जमा रखे थे, मैं भी उनके साथ ही रहता, दो-तीन पत्रकारों का समूह बन गया था हमारा, एक फोटोग्राफर पत्रकार भी हमारे साथ हो लिये। हम जैसे ही राज्यपाल कुछ बोलते या कहीं जाते हम कुत्तों की तरह उनके मुंह से निकलने वाली राजनीतिक बातों को चाट लेते। हमारा काम बस इतना ही था कि राजभवन से जितनी गंदगी निकले उसे शहर में फैला दो।

देश में आये दिन झूठ बोल कर चुनावों में जनता को लुभाने का खेल हमने बहुत बार देखा है। **प्याज के दाम** से लेकर **मंगलसूत्र पर चुनाव** हुए हैं देश में। पिछली बार ही मंत्री की सरकार पहली बार जब सत्ता में आई थी, तो **कालाधन** देश में बहुत बड़ा मुद्दा था, **काकाजी जी** का आंदोलन समाप्त ही हुआ था, मंत्री को बनी-बनाई जमीन **काकाजी जी** ने दे दी थी, फसल लगाने भर की देरी थी, जनता बारिश की तरह उमड़ रही थी। जिन लोगों ने सेना के दो सर वापस लाने का वादा किया था, उनके आते ही आंखों के सामने से चार सर काट के और काट के ले गए।

गांव में तो कुछ भी **नेहरु जी** ने नहीं किया सिवा **'नहर'** बनाने के। जब गांव-गांव से लोगों की लाशों का ढेर के ढेर निकल रहे थे। क्या बूढ़ा हो या जवान, स्त्री हो या पुरुष, कोई तो नहीं बचा था अब। क्या हिन्दू हो या मुसलमान, सबकी लाशों को जमीन में दफ़नाया जाने लगा था। मीडिया के गिद्ध इन लाशों को नोच रहे थे। पूरा देश लहूलुहान हो चुका था, लोग तड़प-तड़प कर मर रहे थे, देश की चिकित्सक यह सब देखकर रोने लगे वे लोग चाह कर भी किसी की जान नहीं बचा पा रहे थे।

-----

5. आपदाओं में अवसर

गरीबों से मुनाफा कमाना, उन पर एहसान करना है, जबकि अमीरों से कमाना, उनका एहसान है, गरीबों पर, आपको मेरी बात नहीं समझ में आयेगी।

कोवीशिल्ड, मुनाफा कमा कर भी देश पर एहसान ही तो कर रहे हैं कि और स्पष्ट करूँ? **आपदाओं में अवसर**, किसी ओर ने ही यह शब्द गढ़ा है। मैंने नहीं।

गांव के लोगों को डाक्टर को दिखाना हो या दवा लेने के लिए पास के गांव ही जाना पड़ता था, या मेरे गांव में इन लोगों को आना पड़ता था। बनिया लोग ऐसे तो धर्म-कर्म के बड़े पक्के होते हैं, कमाते हैं तो दान भी अच्छा करते हैं, पर छुआ-छूत को बहुत मानते हैं। इस गांव में तो निचली जाति के ही लोग भरे हैं। पता नहीं इनसे कारोबार करने से इन बनियों का धर्म बढ़ता है कि घटता? इनके दुकान पर कोई हरिजन भी आ जाए, पैसा लेकर, तो उसकी ऐसी आवभगत करते हैं कि जैसे कोई भगवान आ गया हो दुकान पर। जब वही हरिजन गंदी टीना ढोते हैं तो उसे दूर भगा देते हैं। प्रकृति के कितने रूप हैं यह अभी भी हमें समझना था।

जहां भी दो-चार बनीयों का घर हो जाता वहां एक मंदिर तो ये लोग बना ही देते हैं। कुछ बड़ी जगह हो तो, ठहरने की धर्मशाला, शहरों में तो स्कूल, अस्पताल भी बनाते हैं। यह सब राजस्थान से आये व्यापारियों में ही विशेष कर देखने में मिलता है। जबकि गुजरातियों में ऐसा बहुत कम देखने में आता है।

इसका मूल कारण यह समझ में आता है मुझे कि राजस्थानी लोग, उस गांव को अपना बना लेते हैं, जबकि गुजराती लोगों में इसका अभाव हैं व्यापार तो दोनों ही करते हैं एक व्यापार कर उसी स्थान में रहने का स्थायी घर बना लेता साथ ही पीढ़ियों दर पीढ़ी अपने मूल स्थान से भी उतना ही

लगाव रखते हैं। अपनी मातृभाषा को उतना ही मान-सम्मान भी देते हैं। जबकि गुजरातियों में ऐसा नहीं देखने में मिलता। ये लोग रहने के लिए कितना भी स्थायी मकान बना लें पर इनका स्थायी निवास गुजरात ही होता हैं। इनके सोच में गुजरात ही रहता है। वैसे दोनों ही समुदाय के लोग व्यापारी ही हैं अधिकतम, परन्तु एक का वास सिर्फ शहर में ही पाया जाता है वहीं दूसरे का वास भीतर दूर-दराज गांव तक।

वैसे दोनों ही समाज के कुछ लोग प्राकृतिक रूप से लालची भी होते हैं। उनके लिए एक कहावत बहुत प्रसिद्ध है-

"चमड़ी जाए - पर #दमड़ी ना जाए"
#दमड़ी - पैसा

आज जब एक तरफ देश में मौत के आंकड़े तेजी से बढ़ रहे तो ऐसी हालात में शेयर बाजार भी उतनी तेजी से ऊपर जा रहा है। मैं यह भी सोच के हैरान हूँ कि जब भारत देश महामारी के इस दौर से गुजर रहा हो लगातार एक साल से हजारों की संख्या में लोग रोजाना मर रहे हैं या मारे जा रहे हैं जबकि **इस साल 2021** में तो इस देश में मौत ने तो सारे रिकॉर्ड को ही तोड़कर गिनीज बुक में नाम दर्ज करा लिया है, मंत्री जी बड़े-बड़े आंसु बहा चुके हैं तो यह शेयर बाजार कैसे झूम रहा है? मानो मौत के इन आंकड़ों से शेयर बाजार के लाभ का कोई संपर्क तो जरूर होगा। जो शेयर बाजार के दलालों से अच्छा कौन बता पायेगा?

देश में आज डाक्टर, शिक्षक, पढ़े-लिखे पत्रकार, पत्रकार, दलाल पत्रकार, सरकारी नौकरी करने वाले पत्रकार, वकील, जज, आईपीएस अधिकारी, सब-के-सब लाचार हो चुके हैं। सब ने अपना हथियार डाल दिया है। इस व्यवस्था के सामने। सैकड़ों की संख्या में, डॉक्टर, मेडिकल स्टाफ, पत्रकार, वकील मारे गए, मजाल कि कोई सरकार से बोल दे।

कल्पना कीजिये लोकतंत्र को हम कितना मजबूत बना दिए कि खुद को लोकतंत्र का चौथा स्तंभ मानने वाला मीडिया आज इस कदर गुलाम बन चुका है। पैसे की ताकत ने इनके असली रूप को दिखा दिया कि उनके मुंह से निकलने वाले एक-एक शब्द बिका हुआ है।

कालापानी की सजाः

मैं चुपचाप एक कोने में बैठा यह सब सोच ही रहा था, कि तभी सोनू पास आकर बोलने लगी-

"अंकल जी....अंकल जी कहानी सुनाऊँ?" मेरा मन तो कहीं खोया हुआ था फिर भी सुबह सोनू से वादा किया था कि रात को कहानी सुनुगां। सो उसके हां में हां मिलाते हुए उसकी कहानी सुनने लगा।

आज मेरा इस बार की यात्रा का दूसरा ही दिन था गांव में, अब तक मैं गांव की परिस्थिति से कुछ भी वाकिफ नहीं हुआ था, क्या मेरा गांव भी **कोरोना** की आग में जल रहा था, खुद से सवाल पर सवाल किए जा रहा था, जवाब नहीं था मेरे पास। कलम हाथ में होते हुए भी लिख नहीं पा रहा था। सरकार ने सबकी कलम को **कालापानी की सजा** सुना दी थी। सब कुछ आंखों के सामने से गुजर रहा है। ऐसे ही देश के लाखों गांव की स्थिति हो चुकी थी। यदि सरकारी आंकड़ों की बात करें तो देश में कुल 6.65 लाख गांवों में से आधे से अधिक गांवों की हालत यही थी। शहरों व महानगरों की बात तो छोड़ ही देता हूँ तब भी गांवों में मरने वालों की संख्या को रोजाना पांच लोगों से भी गुणा कर दिया जाए तो यह संख्या लाखों में स्वतः बदल जाएगी।

अचानक से चाचा! सोनु ने मेरा ध्यान अपनी तरफ खींचा-

कहानी सुनाऊँ?

हां हां सुनाओ.. बोलते हुए मैं उसकी प्यारी-प्यारी बातें सुनने लगा।

सोनु कहानी सुनाने लगी -

"एक जंगल में एक जंगली शेर रहता था। वह जंगल के जानवरों को खा जाता था

जंगल के जानवर, शेर के डर से भागते-फिरते

एक दिन एक शिकारी ने उसे पिंजड़े में कैद कर लिया और रात को उस पिंजडे को एक तालाब के पास लाकर आराम करने लगा। शेर ने चालाकी से पास के हिरणों को पास, बुलाकर बोला मैं तुम लोगों को कभी नहीं खाऊँगा, यदि तुम लोग मुझे इस पिंजड़े से बाहर निकाल दो। हिरणों को लगा कि शेर अपना राजा है इसे शिकारी कैसे ले जा सकता है, सो सबने मिलकर उस पिंजडे को खोल दिया। शेर दो दिनों से भूखा था, सो बाहर निकलते ही एक हिरण को धर दबोचा। सारे हिरण भाग खड़े हुए। यह बात जंगल में फैल गई । शेर हिरणों को खोज-खोज कर खा रहा है। सारे जानवर इधर-उधर छुपने लगे।"

मैंने कहानी सुनते-सुनते हिरणों की जगह खुद को देखने लगा।

सोनू से उत्सुकता से पूछा फिर क्या हुआ....

सोनू ने हंसते हुए कहा चाचा डरो मत...अभी आपको बचा लूंगी।

"तभी भागते हिरणों को रास्ते में एक खरगोश मिला।"

हिरणों को रोकते हुए पूछा- "अरे किधर भागे जा रही हो?"

रूककर एक छोटे हिरण ने कहा, तुम भी भागो, खरगोश भैया, शेर तुमको भी खा जाएगा।

खरगोश बहुत हिम्मती था। उसने सबको रोक लिया बोला तुम लोग डरो मत शेर को आने दो मेरे पास।

जैसे ही शेर आया खरगोश ने उसे रोक कर पूछा।

शेर ने सारी बात उसे बताई

खरगोश बोला ऐसे कैसे हो सकता है? इतने छोटे से पिंजरे में कैसे बंद हो सकते हो? आप तो जंगल के राजा हो।

शेर बार-बार समझाने लगा।

खरगोश समझने को तैयार ही नहीं हो रहा था।

अंत में शेर ने कहा चलो दिखाता हूँ कैसे बंद था

शेर वापस उस पिंजड़े के पास जाकर खुद ही पिंजड़े के अंदर चला गया,

बोला बाहर से बंद कर के खुद देख लो ऐसे बंद था।

जैसे ही खरगोश ने बाहर से ताला लगाया, शेर ने बोला देखा ऐसे बंद था।

खरगोश ने भी भी मान लिया कि आप सही कह रहे थे।

शेर ने कहा अब खोलो-

खरगोश ने कहा तुम्हारी जगह यहीं ठीक है और यह कहते हुए सभी हिरणों को विदा कर दिया।

जंगल में वापस से खुशियां लौट आई।"

सोनु बोलते-बोलते फिर हंसने लगी।

बोली चाचा देखा बचा दिया ने आपको।

सोनू की इस छोटी सी कहानी में एक साथ कई संदेश छुपे थे जो मुझे किसी आशा की किरणों से कम नजर नहीं आ रहे थे।

तभी मां कमरे में आते हुए बोलने लगी, सोनू तो मुझे रोज कहानी सुनाती है। आज चाचा को सुनाने लगी, अच्छा है। फिर हंसते हुए चाचा को भी तो पता लगे सोनू कितनी कहानी जानती है।

फिर सोनू को कहते हुए - **"जा तेरी मां को बोल, चाचा को खाना लगा देगी।"**

सोनू, मेरे से पूछते हुए कैसी लगी मेरी कहानी? मैंने जवाब दिया बहुत अच्छी लगी। तुम इतनी कहानियां कैसे याद कर लेती हो? बताने लगी, सबको सुनाते-सुनाते याद हो गई और फिर एक नई कहानी सुनाने का वादा लेकर भाभी को बोलने चली गई की -

"दादी ने चाचा को खाना लगाने को कहा है।" जोर से बोलते हुए।

----

6. महामारी बहरूपिया

मानता हूँ यह एक आपदा है, मानता हूँ ये गरीबों की लाशें थी, जिनके पास जलाने के पैसे भी नहीं थे, मानता हूँ, यह महामारी **बहरूपिया** है। यदि देश का राजा भी बहरूपिया हो तो क्या किया जा सकता है?

आपने अबतक पढ़ा होगा....

फिर सोनू को कहते हुए - ***''जा तेरी मां को बोल, चाचा को खाना लगा देगी।''***

सोनू , मेरे से पूछते हुए कैसी लगी मेरी कहानी? मैंने जवाब दिया बहुत अच्छी लगी। तुम इतनी कहानियां कैसे याद कर लेती हो? बताने लगी, सबको सुनाते-सुनाते याद हो गई और फिर एक नई कहानी सुनाने का वादा लेकर भाभी को बोलने चली गई की -

"दादी ने चाचा को खाना लगाने को कहा है।" जोर से बोलते हुए।

आगे पढ़ें....

माँ पास बैठकर मेरी बेटी और बहू की बातें पूछने लगी। मैं उनको सारी बातें बताने लगा, मां एक-एक बात रोक-रोक कर पूछती, मैं उनकी बातों को जवाब देता। तभी भाभी जी खाना लेकर आ गई, आज खाने में आम भी था। मैंने भाभी जी से पूछा ये कौन सा आम है? तो भाभी ने बताया कि **लँगडा आम** (Langda Mango favorite variety of mango)। माँ ने फिर लँगडा आम के आने से लेकर पकने तक की सारी बातें बताने लगी। कितने दिन पहले आया था, रोज़ाना तीन-चार आम पक जाते हैं। बिचाली (पुवाल) के नीचे दबा दिये थे कल सो आज पक गए। मैं अभी खाना खा ही रहा था कि भाई'साब भी आ गए।

भाई'साब आते ही भाभी को आवाज देते हुए कहे -**'मालाआा'**

मेरे को जल्दी से नाहाने का पानी दे दो, और खाना लगा देना, बहुत भूख लग गई है। तब मैं भी धीरे-धीरे खाने लगा कि भैया जी का साथ भी हो जाएगा।

भाई जी स्नान कर पास आ कर बैठ गए। बताने लगे कि घाट पर आज बहुत बाता-बाती हो गई, मुखिया जी के कुछ लोग घाट को घेर रखे थे। बोलने लगे दलितों को जलाने के लिए यह घाट नहीं है। सो दलित लोग इस बात को लेकर बहुत नाराज़ थे। अब गांव का घाट तो बहुत छोटा है, तुमको तो याद होगा ही? मेरी तरफ देखते हुए, पापा जी के समय जब दोनों भाई गए थे। मैंने उनको देखते हुए 'हां' में उत्तर दिया, फिर क्या हुआ तब? मैंने पलट कर उनसे जवाब पूछा।

बताने लगे, कोई समाधान नहीं निकल पाया अभी तक, मूंछ की लड़ाई है। अब मौत पर भी राजनीति होने लगी। प्रशासन की तरफ से अलग से व्यवस्था की बात सुनी है पर कब तक होगी पता नहीं, गांव के लोग आस-पास के घाटों पर लकड़ी नहीं मिलने से नदी के किनारे सुखी जमीन पर ही लाशों को गाड़ कर वापस चले जा रहे हैं। अब लाश को घर में तो रखा नहीं जा सकता?

इस बार जितनी मौतें हो रही है, ऐसा तो मैंने कभी नहीं देखा था। चारों तरफ लोग बिलख रहे हैं । किसके दर्द को सहारा दूँ ? यह भी नहीं समझ में आ रहा । उस पर मुखिया जी का बर्ताव समझ में नहीं आ रहा क्या करूं? आम की लकड़ी करीम चाचा के बगान से आ रही है । उसी आम की लकड़ियों पर भी अपना हक जता रहे हैं, बोलते हैं गांव की लकड़ी है। गांव के लोगों की ही लाशें जलेंगी। अब उनको कौन समझाए। बोलते हैं, दूसरे गांव के लोग इस घाट पर क्यों आ रहे हैं? इस घाट को उनके पुरखों ने बनवाया है।

रामा! इस महामारी से एक बात तो साफ हो गई कि इन नेताओं के आंसू घड़ियाली हैं। चुनाव के समय वोट के लिए जितना दौड़-घूप करते हैं, बड़ी-बड़ी रैलियों निकालने के लिए एक दिन में लाखों रुपये पानी में बहा देते हैं। सभाओं को करने के लिए ना जाने कहां-कहां से लोगों को बसों में, ट्रकों में, ट्रेक्टरों में भर-भर के ले आते हैं, उनके खाने की व्यवस्था से लेकर लाने-ले जाने की व्यवस्था करने के लिए प्रशासन सक्रिय नजर आता है। आज जब चारों तरफ त्राहिमाम मची है तो इनको जात-पात की बातें नजर आती है। समझ में नहीं आता इनका चरित्र मुझे। मेरी तरफ देखते हुए।

तब तक भाभी जी उनके लिए भोजन की थाली ले कर आई।

भाई'साब ने भोजन को प्रणाम किया फिर दो-तीन ग्रास अलग कर, पानी से भोजन को अर्क दिए और बात करते-करते खाना, खाने लगे। बोलने लगे। वोट लेते समय इन दलितों के घर भोजन करते हैं ये लोग, आज उन्हीं को श्मशान में जलाने से रोक रहे हैं।

मैंने तो तय कर लिया कि इन पचरों में नहीं पड़ना मुझे, आँखें बंद कर ली हूँ।

फिर आगे बताने लगे मुखिया जी ने अपने घर पर सबको बुलाया भी था। बोल रहे थे कि गांव में हो रही मौतें साधारण मौतें हैं। सरकार ने साफ-साफ बोल दिया है कि किसी भी पंचायत से कोई भी सूचना बाहर नहीं जानी चाहिए।

अब उनको कौन समझाये कि जमीनों में जो लाशें दफ़नाई जा रही है उसे कैसे मिटा दिया जाए, किसी को फोटो लेने से कैसे रोका जाए? पर इन सब बातों का कोई जवाब नहीं है ।

बस सरकार की बात मानना है। बोल रहे हैं। इन समाचारों से देश की बदनामी हो रही है विदेशों में ।

इलाज की तो बात कोई नहीं करता, कि कैसे गांव के लोगों को बचाया जाए। तुम देखना इस बार गांव में बीज रोपने के लिए भी लोग नहीं मिलेंगे, फसल की तो बहुत दूर बात की है। अकाल पड़ने वाला है देश में। भविष्य को लेकर बहुत भयभीत दिखे भाई सा'ब।

भाई'साब बस परेशान होये जा रहे थे।

मां ने उनको सलाह दी, बेटा! तुम खाकर सो जाओ। भगवान सबका अच्छा करेगा। तुम इन नेताओं से बच कर ही रहो, हमें क्या करना कौन किधर जलायेगा, किधर नहीं।

हां मां, बोलकर भाई'साब चुप हो गए।

भाई'साब खाना खाकर सोने चले गए। माँ मेरे पास बैठी रही, बचपन की बातें बताने लगी, स्कूल से लेकर शादी तक की बातें, पता नहीं कितनी बातें याद थी मां को, मेरी बेटी भी गांव में पैदा हुई थी। बता रही थी कितनी परेशानी से हुई थी बेटी, डाक्टर ने तो बोल ही दिया था कि पेट चीरना होगा। पर मां की पुरानी 'दाय/दाई' (In village's of India Daee(Midwife), She worked as well as Semi Nurse's) ने बताया कि बच्चा उल्टा है रात-भर आलथी-पालथी (Squat) मार कर, बैठकर रहेगी तो बच्चा सीधा हो जाएगा। फिर डॉक्टर को दिखा लाना। सो मां ने रात जागरण कराया था। जिससे कीर्तन-भजन भी हो गया, भगवान की पूजा भी होती रही, मेरी पत्नी के साथ सब जगे भी रहे, सुबह उसको बस थोड़ा पांव खोलने दिया था मां ने, फिर दूसरे दिन डाक्टर को दिखाई थी तो डाक्टर भी चौंक गया था। बोलने लगा बस आप ऐसे ही रहो कुछ दिन, काम कम करने व भारी समान उठाने से मना कर दिया था।

बिट्टू एक दम नॉर्मल हुई थी। **डॉक्टर'साब** अपने घर पर ही बिस्तर लगवा दिये थे, उस समय। गांव में छोटे-मोटे ऑपरेशन या बच्चों की डिलीवरी डॉक्टर अपने चेंबर में या घर पर ही छोटा सा सेट-अप कर के कर/करा

देते थे। छोटे शहरों में तो सरकारी लाइसेंस की जरूरत भी पड़ती है पर गांव में कोई समस्या नहीं हैं । हां, इस बहाने कई झोला छाप डॉक्टर भी डॉक्टरी करने लगते हैं। जो भारत के हर गांव में मिल जायेगें आपको, छोटी-मोटी बीमारी में तो ये लोग काम चलाऊ इलाज कर देते हैं, पर जब बड़ी बीमारी होती तो ये अपने जान-पहचान के डॉक्टर'स को रेफर कर देते हैं। आजकल, तो गांवों में बड़े-बड़े अस्पतालों के दलाल जांच केन्द्र के नाम से दुकान खोल लिए हैं, जो मरीजों को इलाज के लिए बड़े अस्पतालों में भेज देते हैं और इलाज के नाम पर उसका चौतरफा लूट शुरु कर देते हैं। भारत के मेडिकल एसोसिएशन, बार-बार इनको चेतावनी व फाइन तो करते रहते हैं पर इस चेतावनी का असर होता दिखता नहीं।

मां, बात करते-करते मेरे पांवों को दबाने लगी। मैं मना तो नहीं कर सका, पर यह सोचने लगा कि मुझे याद नहीं कि मैंने कब माँ के पाँव दबाये। बचपन में जब मेरे पाँव सीधे नहीं होते तो मां, रात-रात भर सरसों को तेल लगाया करती थी मेरे पाँवों पर, बोलती - ***"अभी तो हड्डी कच्ची है। सीधी हो जाएगी। बाद में परेशानी होगी।"*** तब से लेकर आज तक मुझे चलने में अब कोई परेशानी नहीं होती।

हम लोग शादी के बाद कितने स्वार्थी बन जाते हैं । मैं, मेरा परिवार तक सिमट जाते हैं हम, पर मां की नजर में तो हम आज भी बच्चे ही हैं चाहे हम कितने भी बड़े आदमी क्यों न बन जाएं। भारतीय सभ्यता आज भी इसलिए पूज्यनीय है कि इस सभ्यता में 'मां' को सर्वोच्च स्थान दिया हुआ है। जन्म से लेकर मरण तक मां का स्थान कोई नहीं ले सकता।

हमें बातें करते-करते रात के दस बज गए। मैंने सोचा कि एक बार सीमा से बात कर लूँ? उसको फोन लगा कर उसका हालचाल जाना, फिर समाचार देखने लगा। माँ बोली 'सो जा रामा' सुबह जल्दी उठ जाना। 'हां मां' बोल कर मैं समाचार देखने लगा।

गांव में आज भी भारत संचार का नेटवर्क अच्छा काम करता है, जब भी गांव आता हूँ तो भारत संचार का सिम जरूर ले आता हूँ, पता नहीं दूसरे-दूसरे नेटवर्क काम करेंगे कि नहीं? इस बात की आशंका हमेशा बनी रहती है कि नेटवर्क मिलेगी भी कि नहीं? जबकि भारत संचार को लेकर ऐसी धारणा मन में बन चुकी है कि यह तो जरूर मिलेगी।

नींद नहीं आ रही थी बार-बार सोनू की शेर वाली कहानी याद आ रही थी। उस कहानी के भीतर मेरे कई प्रश्नों का हल छुपा था, उसे **डिकोड** करने का प्रयास कर रहा था।

क्या शेर सच में जंगल का राजा है? यदि राजा था तो शिकारी ने उसको पिंजड़े में बंद कैसे कर दिया?, क्या हमें ताक़तवर आदमी से चालाकी से पेश आना चाहिए? कि उसके कहे में फंस जाना चाहिए। कहे में फंस गये तो, क्या वह हमारा भी नुकसान करना तो शुरू नहीं कर देगा? ऐसे कई प्रश्नों को डिकोड करना था मुझे, सो नींद तो नहीं आ रही थी, मन में एक समाधान जरूर आ रहा था कि कुल्हाड़ी से लकड़ी काटी जाए कि, खुद का पांव? यह तो हमें ही तय करना होगा।

पत्रकारिता करते-करते कई बार ऐसा होता है कि हम किसी न किसी विचार के नियंत्रण में कैद हो जाते हैं। हमें सिर्फ वही सही लगता है और सामने वाले को हमेशा गलत। तो फिर अदालतों में अपराधियों को सुना ही क्यों जाता है? उनको बचने के सारे अवसर दिये जाते हैं, सजा सुनाने से पहले अदालतें दोनों पक्षों की बात, गवाहों के बयान फिर क्यों सुनती है?

परन्तु आज हम क्या कर रहे हैं? विचारों में कैद होने के कारण हम अपना फैसला रातों-रात सुना डालते हैं। बंदा दोषी नहीं भी हो तो बस उसको, उसके परिवार को, समाज की नजरों में इतना गिरा डालते हैं कि वह

आत्महत्या करने को भी मजबूर हो जाए और हम **टीआरपी** पर जश्न मनाते हैं।

पत्रकारिता के व्यवसाय में अब जिम्मेदारी बोल कर कुछ नहीं बचा है। यह रोजगार अब बंधुआ मजदूरों वाला पेशा बन चुका है। एक बार जंजीर गले में बंध गई, बस गुलामी के जीवन से बाहर नहीं निकल सकते आप।

मैं इसी उधेड़बुन में, मकड़ी की जाल की तरह उलझता जा रहा था। जितना इस कहानी को सुलझाने का प्रयास कर रहा था, उतना ही, घने जंगल में चला जाता। रास्ता भटकने लगा। एक बार तो मुझे ऐसा लगा कि अब शेर मुझे भी जिन्दा चबा जाएगा। जंगलों में भागता रहा, भागते-भागते एक संन्यासी की झोपड़ी में जान बचाने के लिए छुप गया। संन्यासी जी को देखकर उनको प्रणाम कर, अपने प्राणों की भीखा मांगने लगा। मुझे देख कर संन्यासी मुस्कराते हुए, मुझे शांत होने का इशारा करते हुए, चुपचाप बैठ जाने को कहा।

एक तरफ **'मैं'** शेर के ख़ौफ़ से काफी डरा हुआ था। जबकि संन्यासी जी शेर के ख़ौफ़ से बिलकुल ही अनभिज्ञ थे। मैं उनको बोल भी नहीं पा रहा था। संन्यासी किसी समाधि में लीन थे। मैं झोपड़ी के बाहर भी नहीं निकल पा रहा था, मन के अंदर डर ने जगह बना ली थी, वहीं इस डर को संन्यासी को बता भी नहीं पा रहा था। जब तक संन्यासी जी को बता नहीं देता तब तक मेरे मन का डर बाहर नहीं निकल पा रहा था। कुछ देर बाद संन्यासी जी अपनी समाधि से उठ कर चुपचाप बाहर चले गए।

मैं उनकी इस क्रिया से और परेशान हो गया। बाहर शेर का डर था, अंदर संन्यासी का रहस्य डर में बदल गया। अब मेरे को दो डर में से एक डर को चुनना था। एक तरफ जान जाने का डर सता रहा था तो दूसरी ही तरफ भूखे मरने का डर।

जैसे-जैसे रात गुजरती गई, मेरा डर बढ़ता चला गया। मैं भूख से व्याकुल हो चुका था, झोपड़ी में पीने तक का पानी नहीं था। झोपड़ी के बाहर ऐसा लग रहा था कि शेर बैठा मेरा इंतजार ही कर रहा हो।

तभी संन्यासी जी वापस आ गए। उनको देखकर एक तरफ मुझे शांति मिली तो दूसरी तरफ उनका डर भी सताने लगा। पता नहीं अब ये मेरे साथ क्या करेंगे? भगवान से प्रार्थना करने लगा। **हे भगवान** मुझे बचा लो। तभी संन्यासी ने मुझे कुछ खाने को दिया। हाथ में फल देख कर मेरी जान में जान आ गई, एक डर तो निकला कि अंदर में सुरक्षित हूँ, पर मेरे अंदर अभी भी बाहर का डर बना हुआ था। संन्यासी ने मेरे आने का कारण पूछा।

मैंने उनको अपनी सारी बात, बता दी। वे पुनः मुस्कारने लगे। बोले सुबह हो गई है, बच्चे अब तुम घर जा सकते हो। शेर जंगल में वापस चला गया होगा। तब तक मेरी नींद टूट गई। मोबाइल फोन की घड़ी पर नजर लगाई तो देखा कि सुबह के पांच बज चुके थे।

सोचने लगा डर तो मेरे मन के अंदर है उसे निकालना होगा जो शेर बन कर, मुझे डरा रहा है। संन्यासी को पता नहीं था कि बाहर शेर है इसलिए वे बेख़ौफ बाहर चले गए थे जबकि उसी समय मैं नहीं जा सका, क्योंकि मेरे दिमाग में शेर की छवि, एक डर पैदा कर रही थी।

उठ कर तैयार होने लगा, रात की बातें सोचते-सोचते तैयार हुआ ही था कि भाभी ने आकर पूछा चाय बना दूँ कि वापस आकर लेंगे? मैंने बस एक ग्लास पानी का बोला, सो वह तुरन्त लाकर दे दी, पानी पी ही रहा था कि मास्टर जी आ गए थे।

दरवाजे से उनकी आवाज आई- **"रामा तैयार हो?"**

मैं जल्दी से बाहर निकल कर उनको प्रणाम करते हुए उनकी साइकिल के पीछे बैठ गया।

मास्टर जी चुप थे आज, कुछ भी नहीं बोल रहे थे बस वे साइकिल चलाये जा रहे थे। फिर कुछ देर बाद बोले, **"रामा तू तो साइकिल चलाना जानते हो न?"**

मैंने जवाब देते हुए कहा **"जी सर"** ,

ठीक है जब मैं थक जाऊँगा तो तुम चलाना। आज हमें काफी चलना है। मैं, उनसे कुछ नहीं पूछना चाहता था, यह तो जनता था कि वे जो भी जगह ले जा रहे हैं कोई रहस्य तो होगा उसमें अन्यथा वे इतनी दूर क्यों ले जाते मुझे। उनको मेरे बारे में सबकुछ पता था कि मैं एक समाचार पत्र से जुड़ा हूँ। वे चाहते थे कि जो मैं देख रहा हूँ उसे मेरी नजरों से दुनिया भी देखे। हांलाकि इन समाचारों से आजकल किसी को कोई कोई फर्क नहीं पड़ता, वे जानते हैं कल नये समाचार की परतें, पुराने समाचार को ठीक वैसे ही ढक देगी जेसै जैसे रात के सन्नाटे को दिन का कोलाहल, हर रात का होने वाला पाप दिन के पाप से ढंक दिया जाता हो। हर नया समाचार, पुराने समाचारों को ठीक उसे ही ढक देता है जैसे रात होते ही सब लोग भूल जाते हैं कि दिन में कितना पाप किया। जैसे शशान घाट से निकलते, मरनेवाले को भूला दिया जाता है।

ये समाचार महज़ एक धूल की तरह है जो आज दिखेगी, कल दूसरी धूल उसके ऊपर आकर जम जाएगी। यह क्रम चलता रहेगा। संविधान में किसी की जिम्मेदारी तो तय नहीं की गई है। कितनी भी बड़ी आपदा क्यों ना आ जाए, जनता की मौत से उनका कोई सरोकार नहीं होता कभी।

तभी मास्टर जी की साइकिल एक टूटे पूल के ऊपर से गुजरने लगी। सुबह का सन्नाटा बिखरा पड़ा था, सूर्य देवता पूरब में अपनी लालिमा बिखेरने में लगे थे। धीरे-धीरे साइकिल कच्चे रास्ते पर चलती हुई नदी के पास पहुंचने लगी थी। मास्टर जी ने साइकिल को रोक दी, बोले अब हमें पैदल ही आगे का सफर तय करना है। कम से कम एक किलो मीटर चलेंगे, वैसे तो इस

नदी का छोर बहुत लंबा है। पर हमें बस एक किलोमीटर ही चलना है वहां से गांव का रास्ता वापस मिलेगा जो हमें वापस गांव पहुंचा देगा।

Courtesy: The Wire

आंखों पर पट्टी बांध ली थी हमने। बालू की रेत पर लाशों का ज़ख़ीरा, बालू के अंदर लाशों को गाड़ कर लोग चले गए थे, कई लोग लाशों को गाड़ने की तैयारी कर रहे थे, हर तरफ लाशें ही लाशें सोई हुई थी। नदी के दोनों तट पर यह क्रम चल रहा था। **मां भारती** चीख-चीख कर हमारी मानवीय सभ्यता को बुला रही थी, हम निर्दयी बन, लाशों की तरह, इन लाशों को देखे जा रहे थे।

सैकडों लाशें, कुछ नदियों में बह रही थी, कुछ जमीन पर सोई। तो कुछ जल रही थी, कुछ सड़ रही थी। विश्वभर के चील, गिद्ध, कौए, आकाश में मंडराने लगे थे, एक ही तस्वीर पूरी दुनिया को दिखने में लगे थे। एक तरफ गांव में दीपावली मन रही थी, दूसरी तरफ मुर्दों का भोज परोसा जा रहा था। आपदा के इस अवसर ने मानो देश के हर गांवों में क़हर बरपा दिया था। देश की प्रायः सभी राज्यों की सरकारें लाचार थी। इस लाचारी के बीच भी कुछ नेताओं को नाटक करते देखा जा रहा था। महामारी के इस दृश्य के लिए कोई जिम्मेदार नहीं था, जो मर रहे थे वे ही लोग इसके लिए जिम्मेदार थे। कोवीड फेज-1, क के समय हमें बताया गया था कि

इसके लिए जमाती लोग ही जिम्मेदार थे, परन्तु फेज-2, के लिए कोई किसी को दोष नहीं दे रहा था। सबको पता था कि जो गांव कल तक सुरक्षित था, अचानक से चुनाव के समाप्त होते ही, गांवों में महामारी कैसे कहर बरपाने लगी थी।

जिनके कंधों पर देश का भार है वह नाटक कंपनी का बे-ताज बादशाह माने जा सकते थे। आंखों में शर्म तो बची नहीं थी इनके, हां! आंसू टपका कर फिर सत्ता में आने का जोड़-तोड़ शुरू कर दिया थे ये लोग। इनका एक ही धर्म था, किसी भी प्रकार येन-केन-प्रकारेण सत्ता में वापसी।

मानता हूँ यह एक आपदा है, मानता हूँ ये गरीबों की लाशें थी, जिनके पास जलाने के पैसे भी नहीं थे, मानता हूँ, यह महामारी **बहरूपिया** है। यदि देश का राजा भी बहरूपिया हो तो क्या किया जा सकता है? उस जंगली शेर को जो इंसानों को झूठ बोलकर मार रहा था, को याद करते हुए मैं मास्टर जी के साथ आगे बढ़ने लगा। ये लाशें चीख-चीख कर अपनी दस्ताने सुना रही थी। गांव के हर परिवार की कहानी, इस कहानी का हिस्सा बन चुके थे। किसी के घर के बाहर एक दीया तो किसी के घर के बाहर दो दीये जल रहे थे, किसी के घर में तो दीया जलाने वाला कोई चिराग भी नहीं बचा था।

इस दर्दनाक दृश्य को दुनिया का कोई इंसान नहीं देख सकता था, पर हमारी खुशक़िस्मती है कि हम भारत में हैं जहाँ हमें सब कुछ देखने को मिल सकता है। अगले साल हम देश में **75वां स्वतंत्रता दिवस** मनाने जा रहे हैं। अभी तक हम, गांवों में बिजली, स्वच्छ पानी, शौचालय की ही बात कर रहे हैं। गांवों में बने अस्पतालों का रखरखाव, मरम्मत तो बहुत दूर की बात, सरकारी अस्पतालों में डॉक्टर तक का अता-पता नहीं हैं इस **कोविड-19 फेज-2** ने तो सरकारी ढांचों की परतें उधेड़ कर रख दी। शहरों में सब कुछ होते हुए भी बड़े से बड़े अस्पतालों में लोग आक्सीजन के बिना तड़प-तड़प कर मरने लगे। देश की कई उच्च अदालतें सरकारों

को फटकार लगाती रही, ये बेशर्म होकर जवाब देते रहे । जनता को बचाने का जवाब इनके एफिडेविट से आज तक नदारद था।

मानो कि पूरे कुएँ में ही भांग मिली हो। **बहुरूपिये ने खुद ही स्वीकार कर लिया कि वह बहुरूपिया है।**

इन लाशों का ढेर देख कर मैं जितना विचलित हो रहा था, मास्टर जी उतने ही गंभीर नजर आ रहे थे। अब तक वे सरकार की किसी व्यवस्था पर एक शब्द भी नहीं कह रहे थे। मैं बार-बार यही सोचकर परेशान था कि मास्टर जी कोई भी बात क्यों नहीं बोल रहे। वे शायद यह सोच रहे थे कि इस कहानी को शब्द मैं दूँ, पर उनकी तरफ से कोई शब्द नहीं आ रहे थे। जब मास्टर जी हमें क्लास में पढ़ाते थे तब तो मास्टर जी इतना बोलते थे कि हम इनको सुन-सुन कर पक जाते थे और झपकी लेने लगते थे क्लास में ही। पर आज चुप्पी भी एक रहस्य की तरह मुझे कुछ सोचने को विवश कर रही थी।

मुझे पता था कि ये जब बोलेंगे तो कुछ ऐसा बोलेंगे जो पूरे चित्र को **एक शब्द में** समेट लेंगे। पर मुझे तो आदत हो गई थी आंखों देखा हाल बताने की, पिछले 10 सालों से पत्रकारिता करते-करते हर बातों को शब्दों में पिरोने की आदत जो बन गई थी।

पर आज की पत्रकारिता का नया सिद्धांत हो गया है। अब घटना जो बोलती है जो तुम देखते, वह मत लिखो, जो हम बोलते हैं वहीं देखो और वैसा ही लिखो।

अब जिन्दा मछली को कैसे निगल जाएं हम? यह एक प्रश्नचिन्ह जो मेरी नौकरी के बीच अटका हुआ था। संपादक जी बार-बार इस बात की सलाह दे चुके हैं कि हमने **आपातकाल** देखा है, अनुभव है हमारे पास, समाचार पत्र **कागज का पन्ना** भर है जो हवा के झोंकों से उड़ जाता है। पत्रकारों

को भी उसी हवा में बह जाना चाहिये जिधर सरकार का दबाव बना रहता है।

शहर की गंदगी को टोकरी में भर कर लोगों के घरों में फेंकने ही हमारा काम है, ना कि सरकार की गलतियों को, **हां !** सरकार से तभी सवाल-जवाब किए जाते हैं जब उसके पैसे हमें मिल जाते हैं नहीं तो हमें क्या पड़ी है, उनको चुनने वाली जनता जाने। हमें तो **चित भी मेरी, पट भी मेरी** । हमें दोनों तरफ से ही कमाने पर ही ध्यान रखना है। अभी लाशों को बेच दो, कल इंसानों को, जब कोई बड़ी घटना होती है हमें पैसा देकर जाती है। हर मरने वाला अखबारों को पैसा देकर जाता है, अन्यथा उसे मुक्ति नहीं मिलती। पण्डों के श्राद्धकर्म से ज्यादा जरूरी है समाज को बताना कि मरने वाला कितना पैसे वाला था। जिसका एक मात्र जरिया है समाचार पत्र। संपादक जी बतातें हैं कि हमारा काम भी बांस की चारपाई की तरह है जो मरने वाले को घाट पर पहुंचाने से लेकर उनको स्वर्ग तक का रास्ता दिखाती है और दूसरे ही दिन रद्दी के भाव उसे बेच दिया जाता है।

हम दोनों नदी के किनारे के सैकड़ों की संख्या में बसे छोटे-छोटे लाशों के घरों को देखते रहे, देखते-देखते न जाने कब गांव वापस जाने का रास्ता आ गया कुछ पता ही नहीं चला।

मास्टर जी अब भी चुप थे।

हम गांव की तरफ वापस मुड़ चुके थे।

मास्टर जी ने बस इतना ही कहा-

यह महामारी है।

दोष तो हम लोगों का है जो ऐसे लोगों के हाथ अपना देश सौंप देते हैं।

एक सप्ताह गांव में रहकर रामप्रसाद जी वापस शहर तो आ गए थे। साथ में ले आये थे गांव की कई यादें जिसे वे अब कभी नहीं भुला सके थे। संपादकजी की बार-बार चेतावनी से विचलित होते रामप्रसाद जी के सामने एक द्वंद्व चल रहा था, विचारों से कैसे समझौता किया जाए। सच लिखें कि उनके झूठ को परोसा जाए?

रामप्रसाद जी रात भर करवटें बदलते रहे। पत्नी ने दो बार उनको लाल चाय भी बना कर दी। हिम्मत भी बंधाई आप अपने विचारों से समझौता न करें। हम जैसे-तैसे गुजारा कर लेंगे। गांव से अनाज तो आ ही जाता है, रहीं रूम किराये की बात तो, मैं दो-तीन घरों में काम पकड़ लूंगी, आप तब तक नया काम खोज लेना।

समय के साथ-साथ महामारी का प्रकोप कम होने लगा था, लोग मरते क्या नहीं करते, जिसे जिस रेट में कोविड की वैक्सीन मिली लगवाने लगे थे। रामप्रसाद जी की नौकरी भी खतरे में पड़ चुकी थी, गांव की घटना के अखबारों में छप जाने से, सरकार के आंखों की किरकिरी बन चुके थे रामप्रसाद।

मित्रों ने बहुत समझाया, पर रामप्रसाद अपने वसूलों से समझौता करने को तैयार नही थे, रातभर सोचते रहे कुछ तो करना ही होगा। मालिक भी लाचार था, उसे अंग्रेजों के समय का दृश्य दिखने लगा था। उस समय भी ब्रितानी हुकूमत ऐसे ही किया करती थी। जो समाचार पत्र उनकी बातें नहीं मानता उनके दफ्तरों में ताला लगवा देती थी, संपादकों को काला पानी की सजा सुना देती। न्यायालय के न्याय यही था कि सरकार के विरूद्ध बोलाना देश द्रोह था। बस आज के युग में थोड़ा सा परिवर्तन यही था कि सरकार पहले विज्ञापनों के माध्यत से पत्रकारों की जुबान बंद करवाती, नहीं मानने पर सीबीआई, ED, आयकर विभाग को धमकाने भेज देती। लोकतंत्र का बस इतना ही फायदा था कि पत्रकारों को कालापानी की सजा तो नहीं सुनाई जा रही थी हाँ! उनके ऊपर नाना प्रकार के मुकदमे

कर के, देशद्रोह के मुकदमे कर उन्हें परेशान किया जाने लगा था। अच्छे-अच्छे पत्रकारों ने सरकार के सामने घुटने टेक दिये थे।

सरकार को यह पता था कि अचानक से सारे पत्रकारों को दुश्मन नहीं बनाया जा सकता, इसलिए वह चालाक बिल्ली की तरह एक-एक के पत्रकारों को ठिकाने लगा रही थी।

रोजाना कभी कहां से, कभी कहां से पत्रकारों को फंसाया जाने लगा था। पूरे देश में यह बात फैलाई जा रही थी कि देश के कुछ पत्रकार देश के दुश्मन हैं, ये लोग नये भारत की प्रगति नहीं चाहते। दिनभर सरकार की आलोचना करने में लगे हैं।

जबकि पत्रकारिता का सिद्धान्त है कि अंग्रेजी में **फाइव डब्लू** और हिन्दी में **कब, कहां, क्यों, कैसे और क्यों** हुआ। इन प्रश्नों को समाचारों में लिखना किसी भी पत्रकार का पहला दायित्व बनाता है। यदि पत्रकार घटना स्थल का सही चित्रण नहीं कर पाता तो वह पत्रकार ही कैसा?

अब कोई खेल के समाचार लिखते समय किसी फिल्मी की कहानी तो नहीं लिखेगा? सरकार हर विपरित घटना को खुद की बदनामी से जोड़ लेती है। **नोटबंदी** के समय लोगों की परेशानी को ना दिखायें, **लॉकडाउन** के समय सड़कों पर लाखों लोगों को हो रही परेशानी को ना दिखायें, निर्भया की हत्या हो या हाथरस की दलीत लड़की की हत्या कुछ ना लिखो, कुछ भी ना दिखाओ। तो सरकार चाहती ही क्या है?

रामप्रसाद जी रात भर करवटें बदलते रहे। पत्नी (सीमा) ने दो बार उनको लाल चाय भी बना कर दी। हिम्मत भी बंधाई आप अपने विचारों से समझौता न करें। हम जैसे-तैसे गुजारा कर लेंगे। गांव से अनाज तो आ ही जाता है, रही रूम किराये की बात तो, मैं दो-तीन घरों में काम पकड़ लूंगी, आप तब तक नया काम खोज लेना।

सीमा की बात में आत्मविश्वास काफी दिखा, फिर भी ना जाने माहौल को देखकर अन्दर से भयभीत काफी था, कलतक पत्रकारों से नेता लोग डरते

थे, हम उनकी कोई भी बात लिख या छाप देते तो उनका मंत्रिपद खतरे में पड़ जाता था। आज पूरी पत्रकारिता समूह ही डर के साये में जी रही है.. कुछ समाचार पत्र जो आज भी अपने उसूलों से समझौता नहीं कर रहे, उनके साथ जो व्यवहार किया जा रहा है यह देश का दुर्भाग्य ही कहा जा सकता है।

मीडिया का कोई भी अंग हो, चाहे वो इलेक्ट्रॉनिक मीडिया हो या प्रिंट, वेब मीडिया या सोशल मीडिया सब जगह मीडिया को ऐसे नियंत्रण किया जा रहा है कि मानो जो पैसे से बिक गया वो सही बाकी को ठिकाने लगा दो।

कल ही शाम को कुछ मित्रों ने बताया कि एक-एक कर कई चैनलों ने अपने वरिष्ठ पत्रकारों से किनारा कर लिया है।

----

7. *ताकि न रहेगी बांस, न बजेगी बांसुरी।*

मानता हूँ यह एक आपदा है, मानता हूँ ये गरीबों की लाशें थी, जिनके पास जलाने के पैसे भी नहीं थे, मानता हूँ, यह महामारी **बहरूपिया** है। यदि देश का राजा भी बहरूपिया हो तो क्या किया जा सकता है?

आपने अबतक पढ़ा होगा....

सीमा की बात में आत्मविश्वास काफी दिखा, फिर भी ना जाने माहौल को देखकर अन्दर से भयभीत काफी था, कलतक पत्रकारों से नेता लोग डरते थे, हम उनकी कोई भी बात लिख या छाप देते तो उनका मंत्रिपद खतरे में पड़ जाता था। आज पूरी पत्रकारिता समूह ही डर के साये में जी रही है.. कुछ समाचार पत्र जो आज भी अपने उसूलों से समझौता नहीं कर रहे, उनके साथ जो व्यवहार किया जा रहा है यह देश का दुर्भाग्य ही कहा जा सकता है।

मीडिया का कोई भी अंग हो, चाहे वो इलेक्ट्रॉनिक मीडिया हो या प्रिंट, वेब मीडिया या सोशल मीडिया सब जगह मीडिया को ऐसे नियंत्रण किया जा रहा है कि मानो जो पैसे से बिक गया वो सही बाकी को ठिकाने लगा दो।

कल ही शाम को कुछ मित्रों ने बताया कि एक-एक कर कई चैनलों ने अपने वरिष्ठ पत्रकारों से किनारा कर लिया है।

आगे पढ़ें.... मेरा गाँव -7

सुबह के चार बजने को आये थे, रामप्रसाद जी को लगा इस तरह सोच के कई रातें गुजार दी, एकेला चना भांड़ नहीं फोड़ सकता।

दिमाग को शांत कर बिस्तर से उठकर नित्य क्रिया-क्रम करके चाय बनाने लगे।

सीमा देर रात तक जगी थी, वह अभी सो रही थी सो मैंने सोचा कि कुछ देर बाहर घूम आता हूँ, और दूध, सब्जी वगैरह भी लेता आऊंगा।

चाय बनाते-बनाते सोचता रहा, चाहे कुछ भी क्यों न सुनना पड़े, नौकरी छोड़ने से अच्छा है जलील होकर ही जिंदगी जी लूँ आखिर ओर लोग भी तो लाचारी बस ऐसे ही चुप हैं तो मैं भी क्यों न वैसा ही बन जाऊं? कम से कम बिट्टू की पढ़ाई तो हो जायेगी।

सीमा की रात की बात अभी तक बार-बार मुझे झकझोर रही थी। - ***"आप चिन्ता न करें, आस-पास दो तीन घरों में काम कर लूंगी। अपने विचार से समझौता न करें।"*** वह ताने कस रही थी कि हमदर्दी, यही नहीं समझ पा रहा था।

मुझे लगा कि पत्नी किसी के घर जाकर काम करे, उस जिन्दगी से तो अखबार में ही नौकरी करते हैं चाहे कुछ भी क्यों ना सहना पड़े।

मैंने सोचा कि समाचार तो मेरे नाम से छपता भी नहीं, मालिक को अखबार चलाना है, सरकरी हुक्मों को मानना उनकी लाचारी है, वे इतने लोगों का पेट पालते हैं, उनको व्यापार करना है। व्यापार में कई बातें तो सोचनी ही पड़ती है साथ ही साथ कितने लोगों की रोजी-रोटी भी उन्हीं पर निर्भर रहती है। उनके लिए तटस्थ बना रहना मजबूरी भी है तो एक प्रकार से अच्छा भी। इसलिए अधिकांश मीडिया के मालिकों का साहित्य से कोई सरोकार नहीं होता। उनके लिए मीडिया महज एक व्यवसाय मात्र है। आज मुझे लगा कि लेखन में दिमाग का नहीं, पैसे के ईंधन की ज्यादा जरूरत होती है।

> **पत्रकारिता क्षेत्र के रामनाथ गोयनका सब नहीं बन सकते जिसने दुनिया भर को दांतों चने चबा दिये से पंगा ले लिया था। राजनीति के लोकनायक स्व. जयप्रकाश नारायण, अटल बिहारी वाजपेयी, जार्ज फर्नांडिस जैसे सैकड़ों नेताओं**

के नेतृत्व में पूरा देश एकत्रित हो गया था। आज तो दूर-दूर तक कोई आशा की किरण नहीं दिखाई दे रही। जेलों में तब भी डाले गए थे, आज भी डाले जा रहे हैं, कल और आज में फर्क इतना ही है कि तब राजनीतिक बंदी बनाया जाता था उनको, आज झूठे-फर्जी मुकदमों में जेलों में डाला जा रहा है।

रामप्रसाद जी ने बंगाल में वामपंथियों का 1977 का वह दौर भी देखे थे, जिसमें मजदूरों के हक की लड़ाई लड़ने वाले वामपंथी दल किस प्रकार मजदूरों को दोहन किया करते थे। एक-एक कर रोजाना फैक्टरियों में मजदूरों की लड़ाई के नाम पर झंडा-धरना-प्रदर्शन, तालाबंदी फिर हड़ताल, फिर छठनी, भूखमरी और परिणाम क्या हुआ? बंगाल के 50 प्रतिशत से अधिक उद्योग-कल-कारखाने या तो बंद हो गए, या दूसरे प्रांतों में चले गए। बचे उद्योगों में कुछ ऐसे उद्योग थे जो जड़जड़ अवस्था में चल रहे थे। कुछ लाचारी में चल रहे थे, जो व्यापारी सरकार के विपरित नहीं चले वे बच गए।

आज देश में भी हिन्दू धर्म की आड़ में वही सबकुछ हो रहा है जो एक समय बंगाल में मजदूरों के साथ हुआ था। लाखों मजदूर परिवार, वामपंथियों का झंडा-डंडा उठाते-उठाते मर गए। उनके बच्चे लावारिस हो गए। मुआवजा के नाम पर इनको चुनावों की सभाओं में मिलता था बस आश्वासन, कुछ दिनों सस्ती रोटी-सब्जी, फिर वही ढाक के तीन पात।

देश में हिंदुओं के साथ भी कुछ ऐसा ही हो रहा है। हिंदुओं को हिंदुओं से डराना फिर उनको धर्म की आग में झोंक देना। उग्रवाद की आग में धकेल देना। इन दिनों कम उम्र के बच्चों के मानस से जो खिलवड़ किया जा रहा है उनको गलत राह में जिस प्रकार धकेला जा रहा है यह संभवतः कुछ सालों तक सत्ता के लिए मजबूत आधार जरूर बन जाए अंततः देश की नई फसल बर्बाद होने से कोई नहीं बचा सकता। एक-एक करके कई मेरे जैसे पत्रकार सच लिखना बंद कर देगें।

भारतीय लोकतंत्र का इससे घिनौना दृश्य आपातकाल के समय भी नहीं देखा गया था। स्व. श्रीमती इंदिरा गांधी के आगे प्रायः सभी संस्थाओं ने घुटने टेक दिये थे, चारों तरफ अंधेरा ही अंधेरा मंडराने लगा था। काले-काले बादल घर की छतों पर इतराने लगे थे, तब भी लोकतंत्र की आवाज बुलंद करने वालों की लंबी कतार लगी हुई थी।

पत्रकारिता क्षेत्र के रामनाथ गोयनका सब नहीं बन सकते जिसने दुनिया भर को दांतों चने चबा दिये से पंगा ले लिया था। राजनीति के लोकनायक स्व. जयप्रकाश नारायण, अटल बिहारी वाजपेयी, जार्ज फर्नांडिस जैसे सैकड़ों नेताओं के नेतृत्व में पूरा देश एकत्रित हो गया था। आज तो दूर-दूर तक कोई आशा की किरण नहीं दिखाई दे रही। जेलों में तब भी डाले गए थे, आज भी डाले जा रहे हैं, कल और आज में फर्क इतना ही है कि तब राजनीतिक बंदी बनाया जाता था उनको, आज झूठे-फर्जी मुकदमों में जेलों में डाला जा रहा है।

जो लोग सरकार के गुलाम बनने को तैयार है उनको हत्या, लूट, बलात्कार करने की पूरी आजादी, सुरक्षा प्रदान की जा रही है। अपराधियों के ऊपर ना तो कोई एफ.आई.आर (FIR) होती ना ही सजा। मजे की बात यह है कि सब अपराधी, कोई भारत की प्रगति के नाम से, कोई धर्म की रक्षा के नाम पर आजाद घूम रहा है। कोइ राष्ट्रवाद का चोला पहने हुए था।

सरकार को इतना बड़ा जन समर्थन के बाद भी सरकार कोई भी काम नहीं कर पा रही सिवा झूठ और दंगा कराने के, कोई सच लिख सकता नहीं, कोई सवाल नहीं कर सकता नहीं।

खैर! रामप्रसाद जी ने सोच लिया था कि **"जैसा राजा वैसा ही प्रजा"** बन जाओ, एकेले इन नेताओं से लड़ने की हिम्मत रही नहीं, वो समय अलग था, जब रामप्रसाद जी को लगता था कि कुछ भी होने से उनके पीछे पूरी पत्रकारिता ब्रादरी उनके साथ खड़ी मिलेगी, आज सब पूँछ दबाये बगले झाँकते नजर आ रहे थे.. इक्का-दुक्का कोई साथ दे भी दिया तो क्या होगा?

सरकार के ना तो कान है न ही जुबान। अजीब सा वातावरण है देश में। **"सब कुछ हो कर भी कुछ नहीं हो रहा।"**

धर्म की आढ़ में सारे कुकर्म जारी है, कुछ लोगों ने सोशल मीडिया में पत्रकारों को खुले आम धमकी, माँ-बहनों की गाली, जान से मार डालने की धमकी, ना जाने क्या-क्या बोल रहे हैं, मजे की बात है कुछ राज्यों की पुलिस उनको बचाने के लिये काम कर रही थी.. जबकि कोई इन लोगों से आपने बहस भी कर ली तो पुलिस आपको देशद्रोही बना देने में कोई कसर बाकी नहीं रखती।

> ***यह किसी तुफान के आने का संदेश दे रही थी। अदालतों को कितना भी लोकतंत्र का रक्षक कह लें, पर उनकी कोई सुने तब न? जब देश की सभी संस्थाएं पंगु हो चुकी हो ऐसे में पत्रकार तो महज एक कठपुतली है, जिसके हाथ-पांव, मुंह, शरीर, गला सब तो डोरी से बंधा होता है।***

ऐसे वातावरण में रामप्रसाद जी को यही समझ में आ रहा था कि जब चारों तरफ अंधेरे का साम्राज्य हो, तब लालटेन भी जलाना अपराध हो सकता है। सरकार को सच बताना, उसकी कमियों को उजागर कर जवाब मांगना, फिर उन समाचारों छाप कर, दूसरे दिन गर्व से घूमना, यह हिम्मत आज किसी में नहीं, पहली बात की समाचार को एडिट करते समय संपादक जी को यह डर बना रहता था कि कल कौन सा समाचार उनकी गले की हड्डी बन जाये, इसलिए वे उसकी गर्दन रात को ही मरोड़ डालते हैं। फिर भी कितनी भी सावधानी रखें, सुबह-सुबह संपादक जी फोन पर जी सर... जी सर.. करते ही दिखतें हैं। इससे पहले यही संपादक जी के गले की टोन ही कुछ अलग रहती थी। यह किसी तुफान के आने का संदेश दे रही थी। अदालतों को कितना भी लोकतंत्र का रक्षक कह लें, पर उनकी कोई सुने तब न? जब देश की सभी संस्थाएं पंगु हो चुकी हो ऐसे में पत्रकार तो महज एक कठपुतली है, जिसके हाथ-पांव, मुंह, शरीर, गला सब तो डोरी से बंधा होता है।

ताकि न रहेगी बांस, न बजेगी बांसुरी।

तभी रामप्रसाद को पता नहीं कहां से एक कहानी याद आने लगी। कहानी कुछ इस प्रकार थी-

‘‘रॉम जलता रहा, नीरो बाँसुरी बजाता रहा’’

सत्ता की भूख इतनी होती है कि राजा अपनी संतानों को, परिवार के सभी सदस्यों को, भाई, भाई की हत्या कर देता है। भगवान कृष्ण के जन्म से लेकर, राम के वनवास तक में इस बात का जिक्र है। लोकतंत्र में सभी संभव प्रयास किये जाते हैं कि ऐसा ना हो पर कहते हैं कि भुख चाहे वह पैसे की हो, कामवासना की हो , पेट की हो या सत्ता की, आदमी को अंत में खा ही जाती है, सत्ता की की भूख ने भी दुनिया में आतंक फैला रखा था। आज भारत में भी कुछ ऐसा ही हो रहा है। बस फर्क इतना ही है कि पिछले 60-70 सालों से सत्ता का इतना अधिक विकेन्द्रीकरण इस प्रकार किया गया था कि तानाशाह प्रवृति को उसकी भूख को कहीं न कहीं से रोका जा सके। हां, कई जगह इस पर देश का संविधान उनके आड़े भी आ रहा है जो उनको कतई बर्दाश्त नहीं हो रहा । ये लोग इस ताक में होंगे कि भारत के संविधान के मूल स्वरूप को कैसे बदल दें। क्यों कि जिस प्रकार देश में **गुजरात मॉडल** लागू किया जा रहा है, मंचों से मंत्री नारा लगावा रहा हो – **“देश के गद्दारों को”** मंच के नीचे से आवाज आती है- **“गोली मारो सालों को”**, यह एक बार नहीं कई बार दोहराया गया। कानून में अपराध की स्वीकृति भी अपराध है। लैटिन में शब्द है **‘‘एक्टस रेयस’’** (Actus reus) इसका अर्थ है अपराधी को उस अपराध का मायने (Meaning) पता हो कि वह क्या करने जा रहा है। या **"मेन्स रिया"** ***(Mens rea - ‘A guilty mind’)*** यानी अपराध की मानसिकता “दोषपूर्ण मन” या “आपराधिक मनःस्थिति” से कुछ बोलना या कार्य करना। अपराध माना जाता है। आज तो हर ऐसे अपराधों पर मौन स्वीकृति प्रदान है।

ऐसे आपराध को बढ़ावा देने वाले का तर्क है कि वे तो बस इतना ही बोल रहे थे - "**देश के गद्दारों को**" इसमें बुरा क्या है?

यह तर्क कोई स्वयं में बता रहा था कि उनके मानस में क्या चल रहा था? जब यही बात प्रति-उत्तर आने के बाद पुनः दोहरा दिया जाए तो इसका अर्थ है दोनों संयुक्त वाक्य है जो एक-दूसरे के पूरक माने जायेंगे। ऐसा नहीं होता तो मंच के नीचे से आने पर मंत्री जी रूक जाते, या मना करते, परन्तु ऐसा नहीं हुआ।

जिस प्रकार सरकार विभिन्न कानूनों का प्रयोग कर लोगों को झूठे मुकदमे में फंसा-फंसा कर सजा देने का काम चल रहा है और देश की उच्च और उच्चतम अदालतें कई फैसले में कह चुकी है, कि .... यह सब अनुचित है इसके बाद भी यह सब ठहरने का नाम नहीं ले रहे।

हाँ तो क्या सोच रहे थे रामप्रसाद - इस विषय को रामप्रसाद जी, इतना ही कह कर छोड़ देते हैं जैसा देश के कुछ पत्रकारों पर, सामाजिक कार्यकर्ताओं पर, छात्रों व राजनीतिक लोगों के साथ जो व्यवहार किया जा रहा है, सत्ताधीन राजा जान-बूझकर ऐसा कर रहा था या करवा रहा था। देश में आग लगवाना और नादान बने रहना ।

रामप्रसादजी सोचते बहुत थे, सोचते रहना उनकी आदत बन चुकी थी। पत्रकारिता के क्षेत्र को पेशे के रूप में अपनाने के बाद तो इनको देश की कुछ ज्यादा ही चिन्ता होने लगी थी, जैसे इनके बिना देश सुरक्षित रह ही नहीं सकता। रात एक बजे तक समाचार सुनना, फिर कुछ-कुछ लिखते रहना, उनकी दिनचर्या सी बन गई। गांव में जिस प्रकार सोनू ने आकर उनसे बातें की, स्कूल की किताबों से कविता पढ़ कर सुनाई। बेटी बिटू से ऐसा मौका ही नहीं मिलता था उनको। उस दिन उनके मन में भी आया कि अबकी बिटू से भी ऐसे ही बातें करेगें, पर सुबह जल्दी उठकर बाजार जाना, लौटते तब-तक बिटू स्कूल चली जाती, रात को अखबार छोड़ते-छोड़ते रोजाना दस तो बजने ही थे, कई बार तो देर भी हो जाती थी। जल्दी

का तो सवाल ही नहीं उठता। गांव में तो खाली था। फिर सोचते अबकी रविवार को पूरा दिन बिट्टू को और सीमा को देंगे, पर वह रविवार कब आयेगा इसका उनको पता नहीं, इसबार-इसबार करते-करते महीनों निकल जाते।

हिन्दु कट्टरवाद, मुसलमानों के कट्टरवाद को बचने का अच्छा मौका देती है। अब तक जो काम मुसलमानों का एक वर्ग मुसलमानों की युवापीढ़ी में कट्टरवाद को पनपा कर उनको आतंकवाद की दिशा में झौंक रही थी, अब वही काम भारत के हिन्दुओं में भी होने लगा है। संभवतः इससे किसी राजनीति दल को सत्ता में बने रहने में आसानी होगी, परन्तु देश की कई जनेरेशन इस आग में झूलस जायेगी। हमें इसके दो अलग-अलग पहलुओं पर भी विचार करना होगा। भारत में इस तरह का वातावरण बनाने के लिए जिम्मेदार कौन? अथवा अब तक जो लोग अल्पसंख्यकों को सुरक्षा प्रदान कर रहे थे, वे लोग कहीं जाने-अनजाने भारत की सुरक्षा खतरे में तो नहीं डाल रहे थे। जिन अल्पसंख्यकों को हम देश में तमाम सुरक्षा प्रदान करते रहे, कही ये लोग ही देश के लिए खतरा तो नहीं बन चुके। ऐसे कई प्रश्नों का समाधान हमें खोजना होगा। आज जो लोग हिन्दू कट्टरवाद को बढ़ावा दे रहे हैं कहीं ये लोग भारत के विभिन्न राज्यों में बस रहे अन्य धर्म के लिए तो असुरक्षा का कारण नहीं बन जायेगें? इसके व्यापक प्रभाव पर हमें विचार करना चाहिए।

हमें यह भी सोचना चाहिए। रामप्रसाद जी यह तो मानते हैं कि पिछले कुछ सालों में खासकर **जयप्रकाश आन्दोलन** के पश्चात, मुसलमानों का मनोबल काफी तेजी से बढ़ा है। रामप्रसाद जी की बात से कोई सहमत हो या नहीं पर रामप्रसाद जी जब भी रिपोर्टिंग करते तो उन्होंने अपनी रिपोर्टिंग में उग्रवाद, कट्टरवाद को कभी जगह नहीं दी। आज उन्हें बताया जा रहा है कि हिन्दुत्व खतरे में है। सो कुछ भी ऐसा ना छापे जो हिन्दुओं के उग्रवाद को उजागर करता हो। माना कि मुसलमानों के उग्रवाद में जान से मारने की धमकी भी दी जाती रही है। देश पिछले 60-65 सालों से चुप्पी साध रखी थी। इसका यह अर्थ तो नहीं होता कि उग्रवाद के जबाब

में नया उग्रवाद ही पैदा कर दिया जाए। उनके उग्रवाद को कानून से भी निपटा जा सकता था, परन्तु इसका अर्थ यह नहीं कि हम अपने बच्चों के हाथें में भी हथियार थमा दें।

रास्ते में चलते-चलते यह सब सोच ही रहे थे कि उनको बाजार में पुराने मित्र **सीताराम** से मुलाकात हो गई-

अरे ओ राअअअम-प्रसाद ! सुना था तुम गांव गए थे, कब लौटे?

प्रतिउत्तर में रामप्रसाद - अरे यार आये तो कितने ही दिन हो गए मुझे। तुम सुनाओ! तुम्हारे गांव का क्या हाल है?

फिर कुछ रुक कर- "यार मेरे गांव का तो बहुत बुरा समाचार था उन दिनों, माँ तो बहुत डरी हुई थी। सोचता हूँ कि पूरी उपन्यास ही लिख डालूं, किस्त में सूनाते-सूनाते सबको थक गया हूँ और आने वाली पीढ़ी को भी तो इस महामारी का कुछ पता होना चाहिए कि कैसे पूरी दुनिया जब विभिन्न संसाधनों से, ज्ञान-विज्ञान से, लेश थी तब एक छोटे से जीवाणु ने कैसे पूरी दुनिया में तबाही मचा दी थी।"

हाँ यार ! सीताराम ने पलट कर हां में हां मिलाते हुए कहा - मेरे गांव में भी बहुत बुरा हाल था, अचानक से मेरे कंधे पर हाथ रखते हुए **सीताराम जी** बिलख-बिलख कर रोने लगे थे। मेरी तो पत्नी को तमाम कोशिशों के बाद भी नहीं बचा सका, मुझे छोड़ कर चली गई।

सीताराम ने एक ही सांस में अपनी आपबीती बताना शुरू कर दिया कि किस तरह से उस समय सारा तंत्र लाचार था।

व्यवस्था के नाम पर पर बस सहायता की चीख-पुकार ही **सोशल मीडिया** पर दिखाई दे रही थी या फिर मधुर संगीतों की धून के साथ सीटी बजाती गाड़ियों की रफ्तार मानों, हजारों लाशों को रोंधती, कुचलती, सरकारी वीडियो की तस्वीरें जो ऑक्सीजन लाती दिखाई दे रही थी, **गोदी मीडिया**

बार-बार इसे ही दिखा रहा था मानो इस आशा में लोग सांस ले सके कि सरकार बहुत सक्रिय है आज रात को ही सबके घरों में ऑक्सीजन, दूध की बोतलों में भरकर पहुंचाने ही वाली है सरकार।

गांव-गांव, शहर-शहर, क्या कस्बा, क्या महानगर हर तरफ तबाही का, मातम के लोकगीतों से सबके घरों के आंगनों में दीपावली मनाई जा रही थी, लोग खुशियों में झूमकर थाली बजा रहे थे। **मन की बात** में **"आपदा में अवसर"** तलाशा जा रहा था। जिसको जो चाहिए मिल रहा था। किसी को मकान, तो किसी को जमीन के पट्टे लिखे जाने लगे। एक रात की कीमत का आप सहज ही अंदाजा लगा सकते थे कि हर आदमी इस बात का इंतजार कर रहा था कि कब कोई मरे, कोई खाली बेड मेरे को ही मिले। सबके सब इस जोड़-तौड़ में दिन-रात एक किये हुए थे।

वहीं दूसरी तरफ भक्तों की एक टीम सोशल मीडिया में आपदा में अवसर निकाले का मौका खाजने में लगे थे। राज्यपाल हो या द्वारपाल, सबसे पहले इन सेवापाल की पहुँच होती थी। सुनवाई इतनी जल्दी की बस पलक छपकते ही बेड तो बेड, हॉस्पीटल तक नये बना दिये जाते।

सीताराम जी बता रहे थे कि किस तरह सरकार सोशल मीडिया के माध्यम से या किसी भी प्रकार से सहायता मांगने व देने वालों को अपना दुश्मन समझने लगी थी। उनका मानना था कि सब कुछ उपलब्ध है। कुछ लोग हो-हंगामा कर सरकार को बदनाम करने की साजिश कर रहे हैं। भला हो भी क्यों नहीं, सरकार का मनोबल इतना मजबूत हो चुका था कि हर घटना को दबा देने में सक्षम हो चुकी थी सरकार। मानो भारत में एक प्रकार का चीनी शासकों का राज हो चुका हो। पूरी मीडिया तंत्र देखते और सुनते हुए भी लाचार थी। सबके मुंह में घी पहले से ही भरा हुआ था, बोलते ही उनके मुंह में आग लग जायेगी। सो सबने भरी सभा में द्रोपदी का चीर हरण देखने का मन बना लिया था। हिन्दू धर्म खतरे में जो हो गया था। सबके लिए परिवार से ज्यादा हिंदुत्व को बचाए रखना जरूरी था। धर्म के नाम पर, देश के नाम पर, राष्ट्रवाद के नाम पर, पाकिस्तान, पुलवामा

के नाम पर हमें **'बीठ्स'** दिये जाने लगे थे, बस हमारा काम इतना रह गया था कि सरकारी एजेंडो को लोगों के दिलो-दिमाग में जहर की तरह भरे रखना।

उधर सीताराम जी का पत्नि पीढ़ा में उनका दर्द झलकते-झलकते बार-बार रूक जाता था।

'बीठ्स'- पत्रकारों को बांटा जाने वाला क्षेत्र जिस क्षेत्र से समाचार को संग्रहित करना होता है।

सीताराम जी थकते ही नहीं थे, अपनी आपबीती बताये ही जा रहे थे, मुझे देरी हो रही थी सो किसी तरह उनके साथ शाम को फिर मिलते हैं बोलकर विदाई ली।

बाजार कर के, घर लौटा तो देखा कि सीमा पूजा कर रही थी, बिटू स्कूल जाने के लिए तैयार हो रही थी। सीमा की पूजा खत्म होते ही, सीमा ने कहा- **इतनी देर कैसे हो गई?**

जवाब में क्या कहता - "**चुप ही रहा**"

सीमा ने मुझे चाय, नास्ता दिया और वो, बिटू को बस स्टैंड छोड़ने चली गई।

रामप्रसाद जी समाचार पत्रों के ढेर के पास जम गए, 10 अखबार रोजाना आते थे, सात तो उनको पत्रकार के रूप में समाचार वाले भेजते और अंग्रेजी के तीन अखबार पैसा देकर खरीदते थे।

लॉकडाउन की घोषणा:

लॉकडाउन की घोषणा के बाद लगातार ऐसी-ऐसी घटना सामने आ रही थी जो किसी **हॉरोर सॉ** से कम नहीं थी। कुछ दिनों पहले ही महाराष्ट्र के

पालघर गांव के कासा पुलिस थाने के अंतर्गत एक बड़ी दयनीय घटना घट गई। कुछ हिन्दू संत, अफवाह के शिकार बन गए। लॉकडाउन की वजह से ये लोग गांव के रास्ते को चुन कर गुजरात जा रहे थे, ताकि रास्ते में कोई व्यवधान उत्पन्न ना हो जाए। **पालघर** जिले के ग्रामीण आदिवासी इलाकों में कई तरह की अफवाह फैल रही थी, जिसमें कुछ असामाजिक तत्व चोर, लुटेरे और अपहरणकर्ता, वेश बदल कर गांव में आ सकते हैं बच्चों के चोरी की अफवाह उसमें से एक थी। लोगों की अफवाह में हिन्दु-मुस्लिम का तड़का लगा होना उसकी पहचान है। बस ऐसी ही अफवाहें तरह-तरह से अपना भेश बदल कर एक के मुँह से दूसरे, **वाट्सअप विश्वविद्यालय** के माध्यम से गांव-गांव तक पहुंच चुकी थी। इनका उद्देश्य **मॉबलिंचिंग** ही रहता है।

रामप्रसाद जी के आंखों के सामने **कोरोना फेज-1** के समय, **नोटबंदी की तरह लॉकडाउन** करने व उसके पश्चात देश ने जो कुछ देखा वह इस बात को बताने के लिए काफी था कि मुर्ख लोग किस प्रकार चमड़े का सिक्का चला सकते हैं। पूरे देश में कोरोना की महामारी से निकालने के लिए लॉकडाउन में जम कर नई महामारी का फैलाव किया ताकी लोग उसमें उलझकर रह जाएं। यही तो सियासत होती है। सरकार की असफलता को छुपाने कि लिए एक समस्या पर पर्द डालने के लिए दूसरी बड़ी समस्या सामने खड़ी कर दो, ताकि लोग कुछ सोचे, उस सोचने की शक्ति को नष्ट कर दिया जाए।

अखबारों की सुर्खियां अभी खत्म भी नहीं हुई थी कि सीमा बिटू को बस स्टैण्ड छोड़कर वापस आ गई, आते ही उसने राशन के सामान की एक लंबी लिस्ट मेरे हाथ में थमा दी। बोली **प्रेस** जाते समय पंसारी की दुकान पर यह लिस्ट देते हुए चला जाऊं, शाम को आते समय सामान लेता आऊं।

प्रेस पहुंचा तब तक दिन के 12 बज चुके थे। प्रेस की टाइम दिन के 12 से रात के 12 बजे तक होती थी। ऑफिस में सभी मुझे ऐसे देख रहे थे कि मुझे लगा कि आज कुछ होने वाला है मेरे साथ। अपनी हाजिरी बनाकर मेरी सीट पर जा बैठा, तभी सिकंदर (चपरासी) ने आकर मुझे चाय देते हुए कान के नजदीक आकर धीरे से बोला कि आपके आज के लेख को लेकर ऊपर से बहुत फोन पर फोन आ रहे हैं। पूरा समाचार हाऊस सर पर उठा रखा है।

मैंने तो आज के लेख में सरकार की कोई अलोचना भी नहीं लिखी थी सभी जानकारी का अधिकांस हिस्सा तो संपादक जी ने पहले ही काट दिया था, रात को ही बोल रहे थे कि अभी कुछ भी ऐसा ना सोचो, लिखो या छापो जो सरकार का अच्छा ना लगे। काफी देर तक इस बात पर भी बहस हुई कि करीम चाचा के बगान से लकड़ी काटी गई, हिन्दुओं ने अपने बगान की लकड़ी काटने भी नहीं दी। करीम चाचा के उस बयान को लेकर ज्यादा हंगाम हो रखा था जिसमें उन्होंने यह कहा था कि यह सब मेरे बेटो की लाश है इनके जलाने के लिए लकड़ी के पैसे कैसे ले सकता हूँ? ***मेरा तो एक बगान है यदि दस भी होते तो पूरे गांव के लिए है। अल्लाह ने अब तक बगान में 'फल' ही दिये थे, आज सच में मुझे 'फल' मिला है गांव के किसी काम आने का।***

इसमें सरकार की तो कोई अलोचना भी नहीं थी, इंसानियत के चलते करीम चाचा ने जो कहा बस उसे ही तो लिखा था। बस इस बात को लेकर सरकार की नाराजगी है कि करीम चाचा को विलेन के रूप में क्यों नहीं प्रस्तुत किया गया। माने सरकार यह चाहती है कि कलम की जुबान तो बंद हो ही साथ ही उससे इंसानियत की नहीं, हैवानियत की खुशबू भी आनी चाहिए । **करीम चाचा** का परिवार आजादी के पहले से इस गांव में बसा हुआ था, इनकी तीसरी पीढ़ी है इस गांव में, गांव के बच्चे आम के समय इनके बगान में जरूर आते थे, जबकि जमींदार के पास के बगान में जाने से डरते थे, करीम चाचा के बगान में जाकर खूब खेलते, आम की कच्ची कैरी तौड़ के खाते, करीम चाचा बस इतना ही बोलते अरे बच्चों गिर

जाओगे, चोट लग जायेगी। कभी यह नहीं बोले, आम मत तौड़ना। बोलते अल्लाह ने दिया है दो-चार आम बच्चे तौड़ भी लेंगे तो घट थोड़े न जाना है। यह तो भगवान का प्रसाद है। बाल-सुदामा मेरे बगान में आते हैं। वहीं जमींदार के बगान में उनके लठैत मारने दौड़ते थे बच्चों को, एक बार तो एक बच्चे को बहुत पीटा भी था।

आज तो कार्यालय में दिनभर एक विशेष राजनीति दल के नेताओं का आना जाना लगा रहा। समाचार पर प्रतिबंध होना, मीडिया जगत के लिए रोजाना की बात थी। अंग्रेजों के समय से ही ऐसा होता आया था। कांग्रेस के समय भी होता था। विभिन्न राज्य सरकारें भी समय-समय पर अपना धौंस अखबारों पर दिखाती ही रहती है। इस बार तो सब हक्के-बक्के छुट गए। सरकार तो सरकार टिड्डी दल भी अखबार वालों पर ऐसे धौंस जमा रहे थे मानो वे ही मालिक हो। संपादक जी ने आनन-फानन में एक मीटिंग बुला ली। सरकार ने अखबारों को विज्ञापन दे-देकर से समाचार समूहों को इस कदर गुलाम बना दिया था कि सारे के सारे कुत्ते की तरह उनके सामने दुम हिलाते नजर आते थे। जैसे किसी नौकर को पालतू जानवर बना दिया गया हो, वह किसी भी दूसरे जगह काम करने के लायक नहीं रह जाता। आज अखबारों की यही हालत बना दी थी इन नेताओं ने। डर के मारे इनकी पतलून खुल जाती है अब, एक समय था जो छप गया उससे सरकार कांप जाती थी।

सभी पत्रकारों की विशेष हिदायत दी जाने लगी। सरकार की तरफ से आंतरिक नियमावली का एक पुलंदा आया था, जिसे किसी भी शर्त में कोई उजागर न करे, इस शर्त पर सबको बांटा जा रहा था। हर समाचार को संपादक की विशेष टीम जांच करेगी। विज्ञापनों पर भी अंकूश लगा दिया गया। व्यवसायिक व सरकारी विज्ञापनों को छोड़कर अन्य सभी सूचनात्मक, धार्मिक विज्ञापनों की अनुमति भी संपादक के टीम से लेनी जरूरी होगी। पता नहीं किस विज्ञापन से सरकार को नूकशान हो जाए।

अखबार के मालिक ने सबको इतना ही कहा- "हमें किसी भी सूरत में अखबार चलाये रखना है। 100 परिवारों का घर चल रहा है। पाठकों को हर वक्त नई दिशा में ले जाना हमारी जिम्मेवारी है साथ ही समाचारों को सही तथ्यों का साथ प्रस्तुत करना भी। यदि हमें लगता है कि कोई समाचार उसके सही तथ्यों के साथ देने में समूह को कोई परेशानी हो सकती है तो, उसके तमाम हिस्सों को कटनी-छटनी बेहिचक कर दें। हम बचे रहे तो समाचार पत्र निकलता रहेगा। आज हमें संभल कर चलना होगा।"

कहने को तो कुछ नहीं था, पर कहने को बहुत कुछ था।

एक समय था जब पत्रकारों से राजनेता डरते थे। इसे लोकतंत्र का चौथा स्तंभ माना जाता था। आज जब लोकतंत्र के सारे स्तंभ ही पंगु बना दिये गये तो इस अखबार या किसी भी अखबार की क्या औकात जो इनके निक्करपन के आगे सक सके। हमें अपने हथियार सबसे पहले ही डाल देने चाहिए। किसी को ऐसा लगता है कि वह इन बातों से समझौता नहीं कर सकता तो वह अपना रास्ता खोज लें। हम उनको सालभर की नौकरी देने को तैयार हैं पर सबके पेट पर लात मारने को तैयार नहीं। कहते हुए मालिक ने मुझे पास बुलाया।

बोलने लगे राम प्रसाद तुम लिखते रहो आज नहीं छापेंगे, कभी तो छापेंगे ही। आज समय के साथ चलो। मैंने उनकी बातों में सहमति देते हुए कहा - ***आपने हमें जो मार्ग दिखा दिया इससे हमें नई रोशनी मिल गई है। हम वहीं करेंगे जो आपके और समाचार पत्र के अनुकूल होगा।***

8. गोदी मीडिया

हिन्दू धर्म में यह कभी प्रयास नहीं रहा कि वह दूसरे धर्म के लोगों को क्षति पहुंचाने के उद्देश्य से आतंकवाद का सहारा ले। आतंकवाद इस धर्म का हिस्सा न कभी था, ना कभी रहा है ना कभी रहेगा। कुछ संगठन धर्म की आढ़ लेकर जो कुछ भी कर रहे हैं, उसे हिन्दूत्व कभी स्वीकार नहीं कर सकता।

आपने अबतक पढ़ा होगा....

बोलने लगे राम प्रसाद तुम लिखते रहो आज नहीं छापेंगे, कभी तो छापेंगे ही। आज समय के साथ चलो। मैंने उनकी बातों में सहमति देते हुए कहा – आपने हमें जो मार्ग दिखा दिया इससे हमें नई रोशनी मिल गई है। हम वहीं करेंगे जो आपके और समाचार पत्र के अनुकूल होगा।

आगे पढ़ें....

"जहाँ विरोध और विरोधियों को सरकार दुश्मन मानने लगती है, वहाँ से तानाशाह बनने की प्रक्रिया शुरू हो जाती है।"

-स्व. अटल बिहार वाजपेयी

कल तक रामप्रसाद जी को नौकरी का जो भय सता रहा था वह सारा भय एक ही झटके में निकल चुका था। रातभर की परेशानी का सारा समाधान निकल चुका था। हमें समझौता समय से करना था, ना कि अपने विचारों से।

रामप्रसाद जी की मनः स्थिति बिलकूल एक बालक जैसी थी जो देखते ही बनती थी। रामप्रसाद को लगता था कि हमें "**गोदी मीडिया**" कहने

वाले, जब हमारी मालिकों की स्थिति को समझेंगे, तभी सही निर्णय किया जा सकता है। एक पत्रकार यदि किसी समूह से जुड़ा ना हो तो, वह स्वतंत्र रूप से कुछ भी लिख सकता है। वहीं जब वह समूह में काम करता है तब दबाब में काम करना उनके लिए मजबूरी हो जाती है। कुछ बड़े अखबारों की बात छोड़ दें तो मझले व छोटे समाचार समूहों की कमो-बेस एक जैसी स्थिति ही होती है।

समूह से जुड़े पत्रकारों का काम बस इतना भर रह जाता है कि शहर की तमाम गंदगी को दिनभर जमा करो और सुबह तड़के पाठकों के घरों में या उनके लेपटॉप- मोबाईलों में फैंक दो। सूचना के नाम में समाज के मानस में रोचक, रोमांच, झूठ, प्रोपगंडा, अफवाहें, या फिर सरकार की वाह-वाही, उनका झूठ, अश्लीलता, मार-पीट, हत्या-डकैती, उसकी बेटी भाग गई, उनकी बहू के अनैतिक रिश्तों से भरा रहता है इन दिनों का समाचार पत्र। इन दिनों आये दिन होने वाली आत्महत्या का मुख्य स्त्रोत पहले प्रिंट मीडिया थी, अब मीडिया के सभी स्त्रोत इस पर काम करने लगे।

साहित्य, संपादकीय पृष्ठ तो नाम मात्र का रह गया है। व्यवसाय, खेल, महिला जगत, चिकित्सा-विज्ञान, इनके स्थायी पेज रहते हैं। आजकल कई एजेंसिज बने-बनाये पेज समाचार समूहों को बेचने भी लगी।

पी.टी.आई (PTI), ए.एन.आई (ANI), वार्ता (UNI) जैसी कई देश-विदेश की समाचार एजेंसीज भी सालों से यही काम करती रही है जो देश-विदेश के अधिकृत समाचारों का संकलन कर समाचार समूहों को विभिन्न इलेक्ट्रॉनिक माध्यमों से बेचने का रोजगार करती है। खोजी पत्रकारिता व कानून व अपराध पत्रकारिता का अपना अलग फील्ड है।

पत्रकारिता में भाषा का भी बहूत बड़ा रोल होता है। विभिन्न प्रान्तों की भाषा, बोलियां उनके अलग-अलग अर्थ व विभिन्न क्षेत्रों के उनकी अलग भाषा जैसे अलग-अलग खेल के अलग-अलग नाम, उनके कूट शब्द जैसे

फुटबॉल में पेनल्टी, कॉर्नर, गोल, येलो कार्ड, ग्रीन कार्ड तो क्रिकेट में आउट, एलपीडब्लू, चौका, छक्का, बाउंड्री आदि। इसी प्रकार चिकित्सा के क्षेत्र के शब्द, योग के, कहने का अभिप्राय इतना ही है कि समाचार पत्र या इलेक्ट्रॉनिक मीडिया का संचालन करना इतना सरल नहीं जितना सोचा जाता है।

राजनीति समाचार हमेशा से **मिक्की-माउस** का खेल रहा है। इस क्षेत्र में पत्रकारिता करने के भी कई क्षेत्र है। जैसे- लोकसभा, राज्यसभा, विभिन्न राज्यों की विधानसभा, राजनीतिक दल, क्षेत्रीय, राष्ट्रीय दल, आदि, राज्यपाल की अलग टीम, सेना, युद्ध, राजनीतिक घटनाक्रम, चुनाव, चुनाव परिणाम आदि।

सोचने में लगता है कि ये सब, सब कोई कर सकता है। हां! किया जा सकता है पर कोई एक क्षेत्र में करने से तो सफलता मिलती है पर कहावत है न कि एकेला चना भांड नहीं फोड़ सकता ।

समाचार पत्र की पत्रकारिता बस कलम उठाकर कुछ भी लिख देने को पत्रकारिता नहीं कही जा सकती । इसके विज्ञान को भी जानना उतना ही जरूरी है।

राजनीति में इन सिद्धान्तों का कोई लेना देना नहीं, यदि आप सत्ता के विरूद्ध समाचार को प्रकाशित करने व उसके परिणाम भुगतने को तैयार नहीं तो आपको गोदी मीडिया बन जाना चाहिए। यही समय की नजाकत कहती है। अखबार पाठकों की विश्वसनीयता पर चलता है यह एक तरफा मानना है। सच यह है कि कोई भी समाचार सत्ता के विरुद्ध चलना, सत्ता को ललकारना भी माना जा सकता है। खासकर ऐसे माहौल में जब सत्ता पक्ष धर्म को राजनीतिक रूप से इस्तेमाल कर रहा हो। कारण कि इसमें धर्म के मानने वाले उस राजनीति दल के समर्थक तब पाठक नहीं रह जाते।

डेविड बरलो (David Berlo) विज्ञान:

मानव संचार का विज्ञान इस कड़ी का महत्वपूर्ण हिस्सा है । अमेरिका के एक विद्वान वैज्ञानिक डेविड बरलो (David Berlo) सन् 1960 में उनके दिमाग में एक अदभूत बात आई। उन्होंने समाचार माध्यम की एक प्रणाली का विकास किया। इसके कुछ सिद्धांत निर्धारित किये, जिसे प्रमुख चार हिस्सों में विभजित किया गया। जिसे दुनियाभर में (David Berlo) के रूप में पढ़ा जाता है ।

S-M-C-R Model:

1. S- Source : स्त्रोत / प्रेषक क्या है ? (संचार कौशल, व्यवहार, ज्ञान, सामाजिक व्यवस्था, संस्कृति)
2. M – Message : संदेश/ समाचार क्या है ? (तत्व, ढांचा, उपचार, अंतर्वस्तु, कूट)
3. C- Channel : माध्यम क्या है ? (देखकर, सुनकर, स्पर्शकर, सूंघकर, चखकर)
4. R – Receiver : प्राप्तकर्ता कौन है ? (संचार कौशल, व्यवहार, ज्ञान, सामाजिक व्यवस्था, संस्कृति)

1. स्त्रोत क्या है ?: - किसी भी समाचार का स्त्रोत उसकी सबसे पहली और महत्वपूर्ण कड़ी मानी जाती है यदि आपका स्त्रोत आधारहीन है तो उस समाचार की महत्ता ताश के पते की तरह ढ़ह जायेगी साथ ही आपकी विश्वनीयता पर प्रश्नचिन्ह खड़ा हो जायेगा। इसलिये इसके लिए सबसे महत्वपूर्ण है कि आपका स्त्रोत प्रमाणिक हो। आप तब तक कुछ न लिखें, जब तक कि आप खुद में संतुष्ट ना हो जातें कि जो आप लिखने जा रहे हैं वह प्रमाणिक है कि भी की नहीं? अन्यथा आपको खबर लिखने और उसे प्रकाशित करने का कोई अधिकार नहीं है। किसी भी पत्रकार के लिये उसका स्त्रोत खबर की आत्मा का काम करती है यदि आत्मा जीवित ही

नहीं है तो वह खबर मृत समान मानी जायेगी। ऐसे खबरों का मूल्य शून्य है।

2. संदेश/ समाचार क्या है ?: - एक अच्छे पत्रकार का लक्षण होता है कि वह घटना के तथ्यों से कोई छेड़छाड़ न करें। अर्थात फेक्ट में कोई बदलाव न हो। जो समाचार आप लिखने जा रहे हैं वह स्पष्ट हो, सही हो, प्रमाणिक हो। पुख्ता हो। जिसमें नयापन हो। किसी को अपमानित न करता हो। लेखन में आपकी भाषा, शैली, तथ्य और जरूरी आंकड़ें जहाँ तक संभव हो देने का प्रयास किया जाना चाहिये।

आपका संदेश स्पष्ट हो ताकी पाठकों को पहली ही पंक्ती में बांध दें। उसमें (पाठक में) उस समाचार को पढ़ने की उत्सुकता पैदा कर दे।

3. माध्यम क्या है ?: - समाचार या संदेश को भेजने या प्रसारित करने के प्रमुख चार माध्यमों का प्रयोग आज के युग में प्रचलित है।

1. ***प्रिंट मीडिया***
2. ***रेडियो***
3. ***टीवी एवं***
4. ***इंटरनेट।***

आपको यह तय करना है कि आप किस माध्यम को चुनना चाहते हैं। प्रिंट मीडिया में लेखन की भाषा को महत्व दिया जाता है तो रेडियो में आपकी भाषा के साथ-साथ आपकी ध्वनि को, वहीं टीवी जगत में आपकी भाषा, ध्वनि आपकी पर्सनालिटी और समाचार की प्रस्तुतीकरण पर भी दर्शकों की पैनी नजर आप पर रहती है। यहाँ यह भी महत्वपूर्ण है कि प्रत्येक समाचार एजेंसी एक ही समाचार को प्रस्तुत करने में अलग-अलग तरीकों का प्रयोग करती है जिसमें घटना एक ही रहती है परन्तु उसके प्रस्तुतीकरण के रूप अलग हो सकते हैं। पाठक, श्रोता अथवा दर्शक आपके समाचार का मूल्यांकन ठीक उसी प्रकार करते हैं जैसे किसी खेल

के मैदान में दर्शक करते हैं। एक सफल खिलाड़ी को हमेशा सतर्क और चौकन्ना होने की जरूरत होती है।

4. प्राप्तकर्ता कौन है ?:- किसी भी समाचार प्राप्तकर्ता कौन है? इस पर संचार माध्यम का जीवन निर्भर करता है। जैसे पाठक की भाषा क्या है? या उनकी स्थानीय समस्या क्या है? यदि आप उनको नजरअंदाज कर संचार माध्यमों का प्रयोग करते हैं तो निश्चित मान लें कि आप जोखिम लें रहे हैं। वहीं एक ही खबर को बार-बार प्रमुखता देकर आप पाठक या श्रोता के दिमाग में उस खबर के लिये जगह बना सकते हैं। किसी भी मीडिया हाउस के लिये उनके पाठकों का अध्ययन भी बहुत महत्वपूर्ण हिस्सा होता है। जिसमें –

1. प्राप्तकर्त्ता को पकड़े रखने का अध्ययन हो।
2. प्राप्तकर्त्ता हमेशा कुछ नया चाहता है उस पर अध्ययन करें।
3. प्राप्तकर्ता को कभी नजरअंदाज नहीं करना चाहिये।
4. एक कमजोर पाठक व एक विद्वान पाठक दोनों की समस्याओं पर पैनी नजर रखना ।

रामप्रसाद जी आगे कहते हैं कि राजनीति में इन सिद्धान्तों का कोई लेना-देना नहीं, यदि आप सत्ता के विरूद्ध समाचार को प्रकाशित करने व उसके परिणाम भुगतने को तैयार **नहीं,** तो आपको **गोदी मीडिया** बन जाना चाहिए। यही समय की नजाकत भी कहती है। अखबार पाठकों की विश्वसनीयता पर चलता है यह एक तरफा मानना सही नहीं है। सच यह है कि कोई भी समाचार पत्र को सत्ता के विरुद्ध चलाना, सत्ता को ललकारना भी माना जा सकता है। खासकर ऐसे माहौल में जब सत्ता पक्ष धर्म को राजनीतिक रूप से इस्तेमाल कर रहा हो। कारण कि इसमें धर्म के मानने वाले उस राजनीति दल के समर्थक तब पाठक नहीं रह जाते। उनके जेहन में धर्म की वैक्सीन लगा दी जाती है, ताकि वह इससे ज्यादा न सोच सके।

कोई भी समाचार अधिकांश वर्ग के मानसिक संतुष्ठी का भी कार्य करता है। दो देशों के खेल के हार-जीत में, दोंनो देश के मीडिया अपनी-अपनी जगह ठीक है। यदि इसके विपरीत वह जीतने वाले दल की प्रसंशा में कशीदे गढ़ने लगे तो हारने वाले देश के लोग इसे नहीं स्वीकार करेगें। राजनीति में भी कुछ ऐसा ही होता है। मीडिया को समय की नजाकत के साथ अपने पंख उस दिशा में मोड़ देना चाहिए, इसे गोदी मीडिया नहीं कहा जा सकता।

गोदी मीडिया तब ही बोला जा सकता है जब वह हॉउस सरकार के झूठ को सच बना कर और विपक्ष के सच को झूठ बना कर पाठकों या अपने श्रोताओं को परोसता हो।

स्व. अटल बिहार वाजपेयी जी हमेशा कहा करते थे कि जहाँ विरोध और विरोधियों को सरकार दुश्मन मानने लगती है वहाँ से तानाशाह बनने की प्रक्रिया शुरू हो जाती है।

रामप्रसाद रात के बाद अब दिन में बिल्कुल ही बदले-बदले से नजर आने लगे।

लोकतंत्र का चौथा स्तंभ : कहा जाता है कि मीडिया लोकतंत्र का चौथा स्तंभ है। यह बात किताबों में अच्छी लगती है। दरअसल अब तक मीडिया बेलगाम हो चुकी थी, वह खुद को सत्ता गिराने व बनाने की ताकत समझने लगी है। जनता उनकी बातों का एक तरफा विश्वास कर लिया करती है। समझने भी लगा है कि ये समाचार एक विज्ञापन की शक्ल ले चुके हैं। जो सरकार इनको जितना धन देती है, ये उनके लिए काम करने लग जाते हैं। अब जनता का एक बड़ा वर्ग का उनकी, (मीडिया) बातों पर से विश्वास समाप्त हो चुका है। आये दिनों मीडिया को सड़कों पर इस बात का सामना भी करना पड़ता है।

लोकतंत्र क्या है – लोकतंत्र क्या है? इस पर बहस किया जा सकता है। भारत के संविधान में भी इसकी व्याख्या कई अनुच्छेदों में की गई है। संविधान के प्रस्तावना में भी, लोकतंत्र को पहली ही पंक्तियों में **"हम भारत के लोग"** से शुरुआत कर व्याख्यित किया गया है।

"हम, भारत के लोग, भारत को एक संपूर्ण प्रभुत्व संपन्न, समाजवादी, धर्मनिरपेक्ष, लोकतंत्रात्मक गणराज्य बनाने के लिए, तथा उसके समस्त नागरिकों कोः सामाजिक, आर्थिक और राजनीतिक न्याय, विचार, अभिव्यक्ति, विश्वास, धर्म और उपासना की स्वतंत्रता, प्रतिष्ठा और अवसर की समता, प्राप्त कराने के लिए, तथा उन सबमें, व्यक्ति की गरिमा और राष्ट्र की एकता और अखण्डता सुनिश्चित कराने वाली, बंधुता बढ़ाने के लिए, दृढ़ संकल्पित होकर अपनी संविधानसभा में आज तारीख २६ नवम्बर १९४९ ई० (मिति मार्गशीर्ष शुक्ल सप्तमी, संवत दो हजार छह विक्रम) को एतद्द्वारा इस संविधान को अंगीकृत, अधिनियमित और आत्मार्पित करते हैं।

इन बातों को पढ़ने से यह कहीं भी आभास नहीं होता कि भारत के संविधान निर्माताओं ने भारतीय लोकतंत्र में मीडिया को कोई तवज्जू दी हो।

संविधान के अनुच्छेद के अनुसार लोकतंत्र के मुख्यतः तीन ही स्तंभ माने जा सकते हैं जिनका चुनाव, उनकी व्यवस्था संविधान में सुनिश्चित की गई है। विधायिका, कार्यपालिका और न्यायपालिका जिसे संविधान के विभिन्न अनुच्छेदों से सुसज्जित भी किया गया है। संविधान में पत्रकार जिस चौथे स्तंभ की बात करते हैं उसका कोई उल्लेख नहीं है।

वहीं मीडिया लिखने को कुछ भी लिख ले, कुछ भी कह ले। भारतीय संविधान के निर्माताओं को यह आभास था कि ये लोग किसी भी सम्मान के लायक नहीं, आज हम यह देख रहे हैं ***जितने अखबार, उतनी उनकी बोली। जितने चैनल, उतने उनके राग। एक एंकर तो पागलों की***

तरह दर्शकों से ड्रग्स मागते हमने देखा है, एक को 2000/- के नोट में नैनो चिप्स लगाते। कल्पना कीजिए ये लोग हमारे बच्चों पर कितना गलत प्रभाव डाल रहे हैं। टी.आर.पी. पाने की होड़ में ये लोग समाज की मर्यादा तक भूल चुके हैं। कहने को ये कितने भी बड़े पत्रकार क्यों न हो, ये लोग समाज के कौढ़ बन चुके हैं।

तभी सिकंदर पुन: आकर कहता है कि आपको बड़े साहब ने बुलाया है। हमारा प्रेस एक बहुत बड़ी जगह में बना था, जिसके मुख्यद्वार पर सिक्युरिटी घर, बीच में कार्यालय उसके पीछे पत्रकारों के कार्य करने, लिखने व संपादन के लिए बड़ा सारा हॉलनुमा कमरा और अंत में छापाखाना जहाँ एक स्वचालित मेशीन लगी थी इसी मेशीन से अखबार छपकर पीछे के रास्ते से विभिन्न वाहनों व साधनों से छपे अखबार को हॉकरों के पास पहुंचाया जाता था। जब से इंटरनेट संस्करण प्रकाश में आया और ***कोविड*** के कारण भी अखबारों के प्रकाशन में काफी गिरावट आई है, सरकारी विज्ञापन नहीं मिलते तो शायद देश के अधिकांश अखबारों को बंद कर देना पड़ता। व्यावसायिक विज्ञापन की श्रेणी होती है वे लोग अखबारों के सर्कुलेशन को महत्व देते हैं ना कि उसके कंटेंट को।

मालिक जानते थे कि मैं काफी संवेदनशील हूँ, वैसे कहने को हम मालिकों को संपादक बोलते हैं पर इनका काम संपादक से भी बड़ा है कारखाने में मजदूरों से काम कराना और प्रेस में पत्रकारों से काम कराना आकाश-पाताल का अंतर है।

*प्रेस में काम करने वाले मेरे मित्र **सीतारामजी** हमेशा कहा करते- "पत्रकार एक खौपड़ी से कम नहीं होता, पता नहीं किसके पीछे बेताल की तरह पड़ जाए बेचारे की तो गई।"*

मालिक के पास आते ही मैं भी सोचना बंद कर दिया।

मालिक जी काफी देर तक मेरे से इधर-उधर की बातें करते रहे। परिवार की बातें, बच्चे की पढ़ाई की बातें, बहुत सारी बातें करते-करते अचानक से वे पूछने लगे, तुम्हें मैं कई दिनों से देख रहा हूँ तुम कुछ परेशान से रहते हो? उन्होंने यह कतई नहीं बोला कि आप यह सब क्या लिख रहे हो। वे जानते थे कि मेरे लेखों के पाठक वर्ग इंतजार करते हैं, कि आज रामप्रसाद जी क्या लिखने वाले हैं। हर रविवार को पाठक मेरे लेख का बेसब्री से इंतजार किया करते थे।

मैं अब क्या कहता कि मैं किस द्वंद्व से गुजर रहा हूँ, उनके प्रश्न से मैं फिर विचारों में उलझने लगा। मन ही मन में मालिक का शुक्रिया अदा भी कर रहा था कि मालिक अपने परिवार को कैसे एकत्रित रखते हैं एक हम हैं कि हर छोटी-छोटी बातों पर आपा खो देते हैं।

मैंने कुछ जवाब नहीं दिया, बस सर झूकाये उनके सामने खड़ा रहा।

उन्होंने फिर कहना शुरू किया मेरी तरफ देखो। मैं अखबार नहीं 100 लोगों का परिवार चला रहा हूँ। एक वटवृक्ष की तरह 50 सालों इस व्यवसाय को चला रहा हूँ। पिता जी शुरू में जब पेपर निकालना शुरू किये थे तब इतनी समस्या हमारे सामने नहीं थी। उस समय पेपर के लिए न्यूज प्रिंट का कोटा सरकार से मिला करता था। कई बड़े समाचार समूह, न्यूज प्रिंट के कोटे को पाने के लिए छोटे-छोटे अखबार चलवाते थे।

आज इसे चलाना सफेद हाथी के बराबर हो गया है। मुझे भी पता है कि देश में क्या चल रहा है। देखो! मेरी तरफ देखो– उनके ही पार्टी के कितने ही लोग जो राजनीति के धुरंदर माने जाते थे आज गुमशुदा की जिंदगी जी रहे हैं। हम (अख़बार) तो उनके सामने कुछ भी नहीं हैं।

मैं समझ रहा था कि रात को जो उधेड़बुन मेरे दिमाग में चल रहा था, आज उसका ही यह परिणाम है कि भगवान ने मालिक को मुझे समझाने भेज

दिया। हम सोचते हैं कि मालिक सिर्फ अपने फायदे की बात सोचता है पर आज पता चला कि इसके सिवा दूसरा कोई चारा भी तो नहीं इनके सामने। सब कोई **रामनाथ गोयनका** तो बन नहीं सकते। मालिक के अपने फायदे में ही हमलोगों का घर चल रहा है।

फिर उन्होंने आगे कहना शुरू किया– मैं चाहता हूँ कि तुम व्यापार पेज को स्वतंत्र रूप से देखो। इससे दो समस्या का समाधान एक साथ निकल जाएगा। एक तो व्यापार पेज देखने से प्रेस की आमदनी में भी इजाफा होगा। दूसरा तुमको राजनीति के झंझट से भी छुटकारा मिल जाएगा। हां! तुम अपने विचारों को लिखना बंद मत करो। क्या पता तुम्हारे मन में उठे विचार कुछ सालों बाद काम में आए। कहते-कहते बोलने लगे, मुझे तेरे जैसा लिखना तो नहीं आता, हाँ अनुभव से बोल सकता हूँ, बता सकता हूँ कि समय की नजाकत को समझो, हम लोग पहले सांप को दूध पिलाते हैं, बाद में वहीं सांप सबसे पहले हमें ही काटने दौड़ता है। हम जब तक उसके फन को कूचल नहीं देते तबतक सांप से बच कर, उसकी पूजा करते रहने में हम सबका भला है। मालिक का इशारा साफ था।

मालिक ने फिर जोर देते हुए कहा–

"आज का माहौल दुष्यंत कुमार बनने का नहीं है।" तुम चाहो तो कल से ही बिजनेस पेज का काम देखना शुरू कर दो।

हां! इसके लिए तुम्हें 10 हजार की तनख्वाह भी अधिक मिलेगी। मैंने भगवान को लाख-लाख शुक्रिया अदा की और सर झुका कर उनको बस इतना ही कह पाया – **"आप मेरे पिता समान हैं, आपका जो आदेश होगा करूंगा।"**

मैं जानता था पत्रकारों को कैसे रखा जाता है यह सबके बस की बात नहीं। मेरे काम से नाराज होने के बावजूद मालिक ने मेरी ना सिर्फ सैलरी बढ़ा

दी, काम भी बदल दिया, ताकी मैं काम बदलने से नाराज होकर दूसरी जगह न चला जाऊँ।

मालिक ने एक लाइन में सारी बातें कह दी।

संपादक इसे ही कहा जाता है, अखबार में लेख या संपादकीय लिख देने से कोई संपादक नहीं बन जाता। दुष्यंत कुमार का उदाहरण बार-बार यह लाइन एक साथ कई बातों के तरफ इशारा कर रही थी। मुझे दुष्यंत कुमार बहुत अच्छे लगते हैं उनकी कविता में आज भी प्राण है।

"इस नदी की धार में ठंडी हवा आती तो है
नाव जर्जर ही सही, लहरों से टकराती तो है
एक चिंगारी कहीं से ढूँढ लाओ दोस्तों
इस दिए में तेल से भीगी हुई बाती तो है" – दुष्यंत कुमार

लेकिन प्रेस के मालिक ने अपनी एक ही एडिटिंग में इसके अर्थ को ही बदल डाला। आखिरकार संपादक इसे ही तो कहा जाता है। जो शब्दों से खेलता हो। उनको विषय की पूरी पकड़ हो। कोई ऐसे ही संपादक नहीं बन जाता।

ऑफिस से ₹1000 रु. उधार लेकर शाम को जल्दी ही घर के लिए निकल गया । पंसारी की दुकान से समान लेकर रास्ते में मिठाई खरीदी और बिट्टू के लिए एक गुड़िया, मन ही मन सीमा की रात की वाली बातें याद करता-करता घर पहुंच गया। सीमा ने मेरे चेहरे को पहले से ही शायद भांप लिया था। मेरे हाथ से झोला लेते हुए अनायस ही पूछ बैठी- मिठाई? किस बात की खुशी हो गई आपको, रात तो रो रहे थे। मैंने एक सांस में आज की सारी घटना सीमा को सुना दी। बिट्टू मेरे से लिपट गई और अपनी गुड़िया को लेकर वह भी खुशियों से झूम उठी।

बच्चों का मनोविज्ञान मंहगे खिलौने से नहीं बच्चों का प्यार इन गुडे-गुड़ियाओं में ज्यादा होता है। मुझे लगा कि आज अच्छा मौका है बिट्टू से बात करने का, सो मैंने काफी देर तक बिट्टू से बहुत सारी बातें की, उसे भी स्कूल की किताबों से कुछ सुनाने को कहा वह भी ठीक सोनू की तरह दौड़ी-दौड़ी अपनी सारी पुस्तकें मेरे पास ले आई और सुनाने लगी एक कहानी।

पंचतंत्र की कहानी: बगुला भगत

एक चालाक बगुला तालाब के किनारे खड़ा होकर लगा आंखों से आंसू बहाने। तालाब की सारी मछलियों उससे पूछने लगी "मामा" क्या बात है, आंसू क्यों बहा रहे हो?"

बगुला ने कहा कि मुझे तुम लोगों की चिंता सता रही है। तालाब में रोजाना पानी कम होता जा रहा है, सो पानी नहीं होने से तुम लोगों की मौत निश्चित है। यही सोचकर रो रहा था।

मछलियों ने मामा से इसका उपाय पूछा, तो बताने लगा कि पास के झरने के पास एक तालाब है उसमें झरने के कारण, तालाब में पानी हमेशा बना रहता है। तुम लोगों के बचने का एक ही उपाय बचा है कि जितनी जल्दी हो वहां चली जाओ। पर मछलियां तो पानी से बाहर आती कैसे, सो बगले ने इसका भी उपाय सुझाया कि वह एक-एक कर रोजाना जीतना उससे हो सकेगा, मछलियों को अपनी चोंच से उठाकर उस पास के तालाब में डाल आयेगा। इस प्रकार मछलियां अब खुद ही उसके भोजन का शिकार बनने लगी, चालाक बगुला, रोजना एक-एक कर मछलियों को अपनी चोंच में उठाता और पास के जंगल में ले जाकर उसे खा जाता।

इस कहानी के सुनते ही मेरे तो होश ही उड़ गए। आज यही तो हो रहा है देश में धर्म को बचाने के नाम पर। मुझे इतनी सी बात को समझने में दो साल गए, उसी बात को बिट्टू ने पलकों में ही सुलझा दिया।

खाना बन चुका था, हम तीनों ने साथ मिलकर खाना खाया और मैं काफी थका सा लग रहा था दो-तीन दिनों की नींद भी सताने लगी थी, आज मस्तिष्क बिलकुल ही शांत लग रहा था, बिस्तर पर जाते ही कब नींद आ गई पता ही नहीं चला।

आज मेरे व्यापार पेज बनाने का:

व्यापार पेज बनाने के लिए सबसे पहले मैंने अपनी टीम से परिचय किया वैसे तो सबको मैं पहले से ही जानता था, पर आज सबसे अच्छे से परिचय किया। पूरी टीम में पांच जन थे जिसमें एक शेयर बाजार और कम्पनी मेटर देखता था । दो जन आढ़त बाजार व उनसे विज्ञापन लाना का काम और एक जन पेज बनाना, उसे प्रिंट के लिए तैयार करना। मेरे को मिलाकर कुल छह जने थे जो व्यापार पेज संभालते थे।

मैंने देखा कि शिक्षा का भी व्यापार इन दिनों धड़ल्ले से फलफूल रहा है। हमारे अखबार में इसको लेकर कभी सोचा नहीं गया था, सो मैंने एक प्रस्ताव बना कर मालिक को दो सलाह दी कि क्यों ने सप्ताह में व्यापार पेज की जगह एक दिन शिक्षा का पेज भी दिया जाए। दूसरा शेयर बाजार में कंपनी की सूचनाओं को प्राथमिकता दी जाए। मालिक ने दोनों ही प्रस्ताव को तत्काल स्वीकार कर लिया ।

अब मेरे लिए सबसे बड़ी चुनौति यह थी कि काम को कैसे बांटा जाए। सो शुरूआत में आढ़त बाजार से एक जन को स्कूलों व निजी विश्वविद्यालयों की लिस्ट बनाने और उनसे संपर्क करने की जिम्मेदारी दी गई। साथ ही विज्ञापन देने वाल एजेंसिज को भी इस नई जानकारी को शेयर किया गया।

हमें तत्काल कई एजेंसिज से फोन आने शुरू हो गए। पहले ही दिन दो कंपनी की वार्षिक बैठक की सूचना हमारे पास आ गई। साथ ही एक

निजी विश्वविद्यालय की तरफ से तीन माह का विज्ञापन कांट्रेक्ट को ऑफर मिल गया। मेरी टीम इस परिवर्तन से काफी गदगद थी। हम काफी मेहनत से काम में लग गए। मालिक का एक ही बात पर जोड़ था कि यदि व्यापार पेज को हम आमदनी में बदले लेंगे तो अखबार को पूरा आर्थीक संकट दूर हो सकता है।

हमने देखा कि जितने भी तंबाकू सेवन के ब्रांड जैसे पान मसाला, जर्दा? सिगरेट आदि व शराब के विज्ञापनों की विज्ञापन रेट सबसे ज्यादा होती थी, जबकि हमारे यहां ऐसा कोई प्रावधान नहीं था। सो हमने भी विज्ञापनों को कई श्रेणियों में बांट दिया। उनक रेट चार्ट भी अलग कर दिये । इससे हमें कई फायदे मिले। जो विज्ञापन वैधानिक चेतावनी के साथ छापे जाते थे उनके रेट ज्यादा करने से भी उनके विज्ञापन आने बंद नहीं हुए, जबकि स्कूलों के रेट कम होने से उनके विज्ञापन आने लगे।

हमने देखा कि एक माह के परिश्रम के पश्चात हमारे विज्ञापन की आय पहले से 100 प्रतिशत का इजाफा हो चुका था। हम कंटेंट को चुनाव भी काफी सोच समझकर करने लगे। इससे हमें निजी विश्वविद्यालयों से जैकेट पृष्ठ के विज्ञापन देने के लिए प्रस्ताव आने लगे। अब हमने देखा कि भवन निर्माण और बड़े निजी अस्पतालों में भी आपस में होड़ लगी है। हमने प्रत्येक सप्ताह उनके ऊपर भी फिचर पेज निकालने का प्रस्ताव दिया। इस प्रकार मैंने पाया कि छः माह में अखबार की आय में चार गुणा वृद्धि दर्ज की गई। मालिक ने मुझे बुलाकर एक लिफाफा दिया बोले बेटी के लिए जमा करा देना। मेरे आंखो में पानी झलकने लगे। किसी तरह हाथ में लिफाफा लेकर उनको धन्यवाद देते हुए घर आ कर देखा तो उसमें 10K प्रतिमाह के अतिरिक्त बोलकर दिया गया एक स्लीप लिखी मिली। मैंने सोचा, आज तक मैं पत्रकारिता कर के राजनीति में जो कसरत कर रहा था उससे मुझे दिन-रात नौकरी जाने का डर बना रहता था, एक प्रस्ताव ने मेरी जिंदगी ही बदल डाली ।

कुछ ही दिनों में मेरे सर से सरकार और कोरोना में हुई मौत का भूत उतर चुका था। दिन-रात अखबार में मेहनत करने में लग चुका था। लोग मुझे कुछ भी बोलते मैं यह कहकर खुद को किनारे कर लेता कि मैं व्यापार पेज को देखता हूँ, यदि कोई विज्ञापन देना हो तो बताना। एक दिन मालिक ने कहा कि जो लोग अखबार में रहते विज्ञापन संग्रह का भी काम करेंगे उनको भी वही कमीशन दी जायेगी जो अन्य विज्ञापन दाताओं को दी जाती है। उसमें एक ही शर्त थी कि एजेंसिज के द्वारा आने वाले विज्ञापनों के दर से इनके दर में अंतर रहेगा। कारण भी था कि एजेंसिज जिस रेट पर काम करती है वह सामान्य रेट नहीं होती । जबकि वे लोग बुकिंग स्टैंडर्ड दर से ही करते हैं। पर अखबारों से एक मुस्त व्यापार करने के नाम से रेट को कम करवा लेते थे।

हमारा समाचार पत्र का रोजाना 50 हजार का सर्कुलेशन था। कुछ ही दिनों में इसका सर्कुलेशन भी बढ़ने लगा । इसबार की दीपावली में सबके लिए नये कपड़े भी दिलाये गए सभी कर्मचारियों को। मालिक जिनका नाम मुरलीधर जी था, ने सबको बुला कर कहा कि हमें विवादों से दूर रह कर काम करने का प्रतिफल मिला है।

सरकार काम नहीं करेगी तो उसका जबाब जनता देगी। हम न तो किसी की सरकार ना तो बनवा सकते हैं ना ही गिरा सकते, हमें बस तटस्थ बने रहना है। हां!, मौका मिलने पर .... बोलते-बोलते कुछ रुक गए।

ये राजनेता किसी के नहीं हुए। अखबार वालों का क्या होंगे? हमें इतना तो पता था कि मालिक जी की मानसिकता किस विचारधारा से प्रभावित है पर इन दिनों संघ के लोगों का इनके पास आना-जाना अधिक लगा रहता था।

"हमें भारतीय संस्कृति की रक्षा करने का भरपूर प्रयास करते रहना चाहिए। यदि गांधीवादी विचारधारा को मानने वाले लोग भारतीय संस्कृति की रक्षा को महत्व नहीं देंगे तो

उनका पतन लिखा है। कारण तब कट्टरवादी ताकतें उस खाली जगह को तेजी से भर देगी।"

बोलते थे भारत में हमने बाहरी विचारधाराओं को अपना कर बहुत कुछ सीखा है तो बहुत कुछ खोया भी है। गांधीवादी विचारधारा व कट्टरवादी हिंदुत्व विचारधारा विशुद्ध भारतीय विचारधारा है। एक को सभी धर्म में धर्मनिरपेक्षता दिखती है जबकि दूसरे को इस बात का डर है कि हिन्दुओं की संस्कृति को भारत में '**धर्मनिरपेक्षता**' से खतरा बन चुका है। दोनों पक्षों की अपनी-अपनी सोच अपनी-अपनी जगह पर सही है।

उन्होंने सबसे कहा कि हम सबकी जिम्मेदारी भी है कि हम कट्टरवाद को अधिक प्रोत्साहन ना दें चाहे किसी भी धर्म का क्यों न हो। हमें भारतीय संस्कृति की रक्षा करने का भरपूर प्रयास करते रहना चाहिए। यदि गांधीवादी विचारधारा को मानने वाले लोग भारतीय संस्कृति की रक्षा को महत्व नहीं देंगे तो उनका पतन लिखा है। कारण तब कट्टरवादी ताकतें उस खाली जगह को तेजी से भर देगी। स्वभावतः वे लोग हिन्दूवादी संगठन के ही हिस्से होगें। साथ ही उन्होंने यह भी स्वीकार किया कि विगत कुछ सालों में देश के कुछ हिस्सों में जो कुछ घटनाएं घट रही थी उसे रोकना भी जरूरी है। उनका इशारा साफ संकेत दे रहा था कि किस प्रकार एक धार्मिक वर्ग, हिन्दुत्व पर हमलावर होते जा रहा था। हिन्दू धर्म में यह कभी प्रयास नहीं रहा कि वह दूसरे धर्म के लोगों को क्षति पहुंचाने के उद्देश्य से आतंकवाद का सहारा ले। आतंकवाद इस धर्म का हिस्सा न कभी था, ना कभी रहा है ना कभी रहेगा। कुछ संगठन धर्म की आढ़ लेकर जो कुछ भी कर रहे हैं, उसे हिन्दूत्व कभी स्वीकार नहीं कर सकता।

-----

9. रक्तबीज दानव की कथा

रक्तबीज एक असुर था जिसने शुम्भ-निशुम्भ के साथ मिलकर देवी दुर्गा और काली देवी के साथ युद्ध किया। अतः जब भी इस दानव को अस्त्रों, शस्त्रों से मारने की कोशिश की जाती, उसके लहू की बूंदों से अनेकों-अनेक रक्तबीज पुनः जीवित हो जाते थे।

आपने अबतक पढ़ा होगा....

उन्होंने सबसे कहा कि हम सबकी जिम्मेदारी भी है कि हम कट्टरवाद को अधिक प्रोत्साहन ना दें चाहे किसी भी धर्म का क्यों न हो। हमें भारतीय संस्कृति की रक्षा करने का भरपूर प्रयास करते रहना चाहिए। यदि गांधीवादी विचारधारा को मानने वाले लोग भारतीय संस्कृति की रक्षा को महत्व नहीं देंगे तो उनका पतन लिखा है। कारण तब कट्टरवादी ताकतें उस खाली जगह को तेजी से भर देगी। स्वभावतः वे लोग हिन्दूवादी संगठन के ही हिस्से होगें। साथ ही उन्होंने यह भी स्वीकार किया कि विगत कुछ सालों में देश के कुछ हिस्सों में जो कुछ घटनाएं घट रही थी उसे रोकना भी जरूरी है। उनका इशारा साफ संकेत दे रहा था कि किस प्रकार एक धार्मिक वर्ग, हिन्दुत्व पर हमलावर होते जा रहा था। हिन्दू धर्म में यह कभी प्रयास नहीं रहा कि वह दूसरे धर्म के लोगों को क्षति पहुंचाने के उद्देश्य से आतंकवाद का सहारा ले। आतंकवाद इस धर्म का हिस्सा न कभी था, ना कभी रहा है ना कभी रहेगा। कुछ संगठन धर्म की आढ़ लेकर जो कुछ भी कर रहे हैं, उसे हिन्दूत्व कभी स्वीकार नहीं कर सकता।

आगे पढ़ें.... मेरा गाँव -9

रामप्रसाद जी भी समझते हैं कि देश में नई व्यवस्था करवट ले रही है। रास्ते में उनके पुराने मित्र सीताराम जी से पुनः मुलाकात हो गई। सीताराम जी की अभी सुबह की बात पूरी नहीं हुई थी। उनका कांटा अभी भी पत्नी दर्द में अटका हुआ था, मिलते ही पूछने लगे भाई राम प्रसाद, फिर वहीं से बात शुरू कर दी जहाँ से सुबह शुरू हुए थे। मैंने उनको हिम्मत बधाई और भगवान की मर्जी पर सारी बात खत्म करने का प्रयास किया, तो बोलने लगे।

भाई ! भगवान कहां से आ गये बीच में? यह कोई राम मंदिर नहीं है जो बन जायेगा। ना तो पिछली सरकारों ने अस्पतालों पर कभी ध्यान दिया ना ही इनकी सरकार ने। कोरोना भी कितना जालिम निकला कि इन सब की पोल मिनटों में खोल कर रख दी। दवा के नाम तो अस्पतालों में **पैरासिटामोल** तक उपलब्ध नहीं थी, ऑक्सीजन तो किसी ने सपने भी नहीं सोचा होगा कि एक साथ इतनी डिमांड आ जायेगी।

सीताराम शब्दों को बहुत बारिकी से गढ़ते चले गए। जिनता दर्द किसी अपने की मौत आंखों के सामने होते देखना और कोई कुछ ना कर सके, जैसे कोई बच्चा उनकी गोदी में दम तौड़ रहा हो और दूसरी तरफ गोदी मीडिया सरकार का बचाव करने में लगी थी अस्पतालों में त्राहीमाम मचा था, डॉक्टर लाचार थे, दलाल गिद्ध की तरह पीड़ितों को नोचने में लगे थे। सरकार इन दलालों की रेट तय करने में लगी थी। सब तरफ लुट का जश्न मनाया जा रहा था। कहीं थाली बजाया जा रहा था, कहीं फूल बरसोये जा रहे थे तो कहीं बैंण्डबाजा। सब लोग तमाशा करने में लगे थे तो दूसरी तरफ मरनेवाले कतार में खड़े अपनी मौत का इंतजार करने में।

राजनेताओं के पास काम के नाम पर जनता से हर पांच साल में वोट लेना, चुनाव के समय एक-दूसरों पर किचड़ उछालना और वोट लेकर पांच साल लापता हो जाना, भारत में जब चुनाव आते तो 15 दिन ही इनके मुंह से जनता का दर्द झलकता है। बस ये इस बात का इंतजार करते हैं कि किसी प्रकार ये 15 दिन निकल जाए तो 5 साल सुख-चैन की नींद सो सके। देश

की या बिडम्बना ही कह लें कि इन 15 दिनों में हमें इनके एक-दूसरों पर गाली-गलौच के कुछ भी नहीं सुनने को मिलता। कौन कितनी गाली दे सकता है यह उनके जीतने का पैमाना तय करती है चुनाव। यही तो जब से हमने होश संभाला है तब से देख रहे हैं। कोई परिवर्तन यदि कहीं देखने को मिला तो.... कुछ रूककर "अरे छोड़ों भी" तुम बोलने लगोगे कि, मुझे भी कोरोना (**तेजी से फैलता आम आदमी पार्टी का जनआधार**) हो गया है। दोंनो हंसते हैं...हां....हां...हां...।

मैं समझ गया था कि सीताराम जी किस पार्टी की बात कर रहे हैं, पर अभी तो देश में हिंदुत्व की दुकान चल रही है। स्कूल-कॉलेज-अस्पताल की बात कौन करेगा?

भारत में जैसे-जैसे हिन्दुत्व की दुकान मजबूत होगी, सीताराम जी को अंदेशा है कि भारत कमजोर होता जाएगा। कारण कि भारत में हिन्दू की आपसी प्रथा भी राज्यों के आधार पर तय होती है। कहीं कृष्ण भगवान की मान्यता है तो कहीं राम की । इसके अलावा भारत में सिख, बुद्ध, क्रिश्चन की संख्या भी रहती है, मुसलमानों के बाद। कभी ये लोग हिन्दू राष्ट्र की बात करते हैं तो कभी अखण्ड भारत की । दोनों ही शब्द एक- दूसरे के विपरीत है।

कुछ दिनों बाद एक दिन दोनों ने पास की एक चाय की दुकान पर बैठ गए। चाय-समोसा की याद ताजा कर रामप्रसाद जी ने उनके अंदर आये परिवर्तन की बात से सीताराम जी को अवगत कराने लगे कि किस प्रकार उन्होंने व्यापार पेज का काम शुरू किया और आज उनके मालिक का अखबार लाभ में पहुंच गया। उन्होंने सीताराम को भी यही सलाह दी कि हमें राजनीति के पचड़े से निकल कर अपने भविष्य के बारे में सोचना चाहिए। रामप्रसाद ने बताया कि कैसे उनके कार्य में हुए बदलाव से वो जिस आर्थिक संकट से पिछले 6 सालों से जूझ रहे थे, आज छः माह में ही उनके मन को काफी शकून मिल रहा है। यह सुनका सीताराम को भी अच्छा लगा।

हम हर पांच साल में वोट देने के नाम पर बस ठगे जाते हैं। फिर पांच साल बाद पुनः वही शिकारी मैदान में आ जाते हैं, हमारा वोट वापस लेने। हम विचारों में उलझ जाते हैं । इनका-उनका करने में लग जाते, फिर वोट डाल के मन में यह संतोष कर लेते कि इस बार सब ठीक हो होगा। अच्छे दिन आयेंगे। हम जब वोट डालने जाते हैं तब हम अपने बच्चों के भविष्य के लिए मतदान नहीं करते, तब हम मतदान करते हैं जात-पात, हिन्दू-मुस्लिम के नाम पर। यदि बच्चों की शिक्षा, अस्पताल पर हमने वोट किये होते तो हमें यह सब मिलता। इन राजनीतिक दलों को दोष देने से व्यवस्था में सुधार नहीं आ सकता। इसके लिए हमें मतदान करते समय इनके गाली-गलौज, झुठ-सच करने वालों से बचकर उन दलों का चयन करना चाहिए जो हमारे बच्चों के भविष्य पर, हमारे स्वास्थ्य पर उनका फोकस हो। चाहे कोई भी दल क्यों न हो।

चाय-समोसा खाते-खाते, दोनों रक्तबीज दानव की बात करने लगे।

रक्तबीज दानव की कथा

आज हम 21 वीं सदी में हैं। कोरोना वायरस ठीक इसी प्रकार दानवी रूप धारण करते हुए, एक से हजारों में परिवर्तित होता देख रहे थे। एक व्यक्ति से महज तीन माह में लाखों में फैल गया "कोरोना वायरस", इसका कोई इलाज अभी तक सामने नहीं आया है। सिवाय इसके कि लोगों को अलग-थलग किया जा सके। मानो एक मछली जिस प्रकार पूरे तालाब को गंदा कर देती है इस कोरोना-वायरस ने आज पूरे विश्व को भयभीत कर दिया है। पूरे विज्ञान जगत को एक प्रकार से चुनौती दे डाली है।

हिन्दू पौराणिक कथाओं में और धार्मिक मान्यता के अनुसार **रक्तबीज** एक ऐसा दानव था जिसे यह वरदान था की जब-जब उसके लहू की बूंद इस धरती पर गिरेगी तब-तब उसके हर बूंद से एक नया **रक्तबीज** पैदा

हो जाएगा, जो बल, शरीर और रूप से मुख्य **रक्तबीज** के समान ही होगा। रक्तबीज एक असुर था जिसने शुम्भ-निशुम्भ के साथ मिलकर देवी दुर्गा और काली देवी के साथ युद्ध किया। अतः जब भी इस दानव को अस्त्रों, शस्त्रों से मारने की कोशिश की जाती, उसके लहू की बूंदों से अनेकों - अनेक रक्तबीज पुनः जीवित हो जाते थे। रक्तबीज दैत्यराज, शुम्भ और निशुम्भ का मुख्य सेनानायक थे। जब भी कोई देवी रक्तबीज पर प्रहार करती उसके रक्त की बूंदों से सैकड़ों रक्तबीज पुनः जीवित हो उठते, तब देवी चण्डिका ने काली माँ को अपने क्रोध से अवतरित किया जिसने विकराल रूप धारण कर हर रक्तबीज की गर्दन काटकर उसे खप्पर में रख लिया ताकि उसके रक्त की बूँदें नीचे ना गिरे और उसका सारा खून पीती गयी, बिना एक बूँद नीचे गिरे, जो भी दानव रक्त से उनकी जिह्वा पर उत्पन्न होते गए उनको भी खाती गई । इस तरह रक्तबीज का अंत हुआ।

आज हम 21वीं सदी में हैं । कोरोना वायरस ठीक इसी प्रकार दानवी रूप धारण करते हुए एक से हजारों में परिवर्तित होता देख रहे थे। एक व्यक्ति से महज तीन माह में लाखों में फैल गया इसका कोई इलाज अभी तक सामने नहीं आया है। सिवाय इसके कि लोगों को अलग-थलग किया जा सके। मानो एक मछली जिस प्रकार पूरे तालाब को गंदा कर देती है इस कोरोना-वायरस ने आज पूरे विश्व को भयभीत कर दिया है। पूरे विज्ञान जगत को एक प्रकार से चुनौती दे डाली है।

हिन्दू धर्म में जीव-जन्तुओं की रक्षा, पर्यावरण व वनों की रक्षा हमारे धर्म के साथ जोड़ दिया गया है। आज भी हमारे धर्म में पीपल के पेड़ को काटना महापाप माना जाता है। ऐसे लाखों पेड़ भारत के कोने-कोने में आपको देखने मिल जाएंगे। हाथों को अच्छे से धो कर भोजन ग्रहण करना, इससे पहले अन्न को प्रणाम कर गौग्रास के नाम से परोसी गई थाली से पांच ग्रास अलग करना, इन सबका मौलिक सिद्धांत यह था कि हाथ में लगे/चिपके जीवाणुओं को पेट में जाने से रोका जा सके। कीचन के अंदर बाहार के प्रयोग किये जूते-चप्पल ना ले जाना, पूजा करते समय स्नान करना व साफ-सुथरे कपड़े पहना हिन्दू परम्परा में इसका अभिन्न अंग

माना जाता है। पुराने घरों में तो मल घर को साफ करने के रास्ते तक अलग बनाये जाते थे ताकि किसी भी प्रकार के वायरस से बचा जा सके। दाह-संस्कार कर घर वापस आने पर पहने सभी वस्त्रों को धोने में डाल देना व खुद स्नान करने के बाद ही अन्य कार्य करना आदि कुछ ऐसी व्यवस्था है जो आज भी हम मानते हैं।

हरी घास से हमारी पूजा का श्रीगणेश होता है और सूर्यदेव को जल का अक्र देकर पूजा की समाप्ति। अर्थात छोटे से पौघे से लेकर जल, रोशनी, अग्नि, चींटिओं से लेकर कबूतर को दाना देने से लेकर, हर उस जीव व जंतुओं का ख्याल रखना जो हिन्दू जीवन-शैली से जुड़ा है । हमारे पर्व-त्यौहारों को भी किसी न किसी रूप से पर्यावरण से जोड़ा गया है। हिन्दुओं के सभी देवी-दावताओं के साथ दो बातें विशेष रूप से देखने मिलेगी। एक तो जीव-जन्तुओं का दूसरा पर्यावरण से संबंध । आज दुनिया में सब तरफ पर्यावरण के साथ खिलवाड़ किया जा रहा है। हाथ जोड़ने की परम्परा हो या शीश झूकाने की परम्परा। छठ पूजा से लेकर शीतला माता की पूजा, व्रत-उपवास से लेकर चौमासा करना। जैन धर्म में तो वायुमंडल में भ्रमण जीवों की भी हत्या वर्जित है। आज हमें फिर से भारतीय जीवन शैली को समझना होगा । तभी किसी भी महामारी से बचा जा सकता है ।

कोरोना वायरस “जंगल की आग” तरह कैसे पूरी दुनिया में फैलने लगा था। यह सोचकर आज भी रूहें कांप उठती है। घर वापस आकर रामप्रसाद जी ने सीमा से सारी बातें शेयर की। सीमा ने बताया कि मां को फोन आया था आपका हाल-चाल पूछ रही थी। मैंने आपकी तरफ से उनको चरण स्पर्श कह दिया था।

रामप्रसाद जी आज काफी खुश नजर आ रहे थे, उन्होंने सोचा कि क्यों न कोरोना से जुड़े पुराने सारे लेख एकत्रित कर उन्हें प्रकाशित किया जाए। इसमें किसी सरकार का क्या लेना देना। इतिहास तो हम लिख ही सकते हैं। यह अलग बात है कि इन इतिहास में भी धर्म का तड़का लगा हुआ था,

जो दाग मिटाये नहीं मिटा सकते। जब दुनिया करोनो से लड़ाई लड़ रही थी, तब देश का एक वर्ग मुसलमानों के साथ लड़ने में लगा था।

इतिहासः

नोवेल कोरोना'वायरस और जीवित जानवरों के मांस बाजार:

नोवेल कोरोना'वायरस को लेकर दुनियाभर में सुर्खियों में आया चीन का वुहान शहर 'हुबेई प्रांत' पीपुल्स रिपब्लिक ऑफ चाइना की राजधानी है। यह हुबेई प्रांत का सबसे बड़ा शहर और मध्य चीन में नौवां सबसे अधिक आबादी वाला चीनी शहर है, जिसकी आबादी 11 मिलियन से अधिक है और चीन के नौ राष्ट्रीय केंद्रीय शहरों में से एक है। **'वुहान'** नाम शहर के ऐतिहासिक मूल से वुचांग, हांकौ और हयांग के समूह से आया है, जिन्हें सामूहिक रूप से **"थ्री टाउन ऑफ वुहान"** के रूप में जाना जाता है। यह **यांग्त्जी नदी** और उसकी सहायक नदी 'हान' नदी के संगम पर, पूर्वी जियांगन मैदान में स्थित है, और इसे नौ प्रांतों की सीमा के रूप में भी जाना जाता है।

नए कोरोनोवायरस (**2019-nCov**) पहली बार उन लोगों में पाए गए थे जो मध्य शहर वुहान में एक गीले बाजार (**Wet Market**) में खरीददारी करते थे या काम करते थे। हो सकता है कि रोगजनक जीवित जानवरों को वहां बेचे जाने से मनुष्यों में उन जानवरों का वायरस प्रवेश कर गया जो उनके साथ थे या जो उन जानवरों के कटे मांस बेच रहे थे और परिणामतः इस वायरस से प्रथम तीन लोगों की मौत हो गई है जिसमें 7 फरवरी' 2020 को व्हिसलब्लोअर (**Whistleblower Doctor Li Wenliang**) डॉक्टर ली वेनलियानग जिसने दुनिया को सर्वप्रथम इस महामारी के भयावह होने की सूचना दी खुद भी मरीजों का इलाज करते हुए 'कोरोनावायरस' से संक्रमित हो जाने के कारण उनकी मृत्यु हो गई और 20 जनवरी 2020 आते-आते संक्रमित लोगों की संख्या 200 से ऊपर

पहुंच गई। 17 साल पहले भी लगभग 800 लोगों की मौत Respiratory syndrome or Sars के कारण हो गई थी।

वुहान जानवरों के थोक बाजार के एक दुकानदार 'लियू युआनफेई' ने **'द स्ट्रेट्स टाइम्स'** के संवाददाता को बताया (जहां वायरस के उभरने का संदेह बताया जा रहा है) – जीवित मगरमच्छ, हाथी और हिरण को देखकर याद करते हुए कहतें हैं ''जो कुछ हुआ है, उसके बावजूद इस व्यवसाय को बंद करते हुए मुझे दुःख है। जब कुछ संकट आता है, तब लोग पूछना शुरू करते हैं कि, क्यों, क्यों, क्यों? लियू ने कहा। **संदर्भ 'द स्ट्रेट्स टाइम्स से'**

Straitstimes.com/global (Published on 21, 2020)

चीनी गणराज्य की अर्थव्यवस्था 4 खरब डॉलर के सकल घरेलू उत्पाद के साथ संयुक्त राष्ट्र अमेरिका और जापान के बाद विश्व की तीसरी और क्रय शक्ति के आधार पर विश्व की दूसरी सबसे बड़ी अर्थव्यवस्था मानी जाती है। विश्व की तेजी से बढ़ती अर्थव्यवस्था के प्रमुख केन्द्र में चीन बना हुआ है। साथ ही चीन विश्व का दूसरा सबसे बड़ा व्यापारिक राष्ट्र, सबसे बड़ा निर्यातक और माल का दूसरा सबसे बड़ा आयातक भी है।

2017 तक 1.428 बिलियन की आबादी के साथ दुनिया का सबसे अधिक आबादी वाला देश और लगभग 9,600,000 वर्ग किलोमीटर क्षेत्र फैला हुआ ये देश, दुनिया का तीसरा सबसे बड़ा देश भी है। कहने का अभिप्रायः कि दुनिया भर में चीन न सिर्फ क्षेत्रफल के अनुसार, आबादी हो या अर्थव्यवस्था, चीन सभी क्षेत्रों में अपनी प्रमुख पहचान बनाता है।

वहीं चीन के कारण आज यूँ कह लें सच्चाई को नजरअंदाज करने व चीन के वैज्ञानिकों व डॉक्टरों की धमकाने व उन्हें चुप करा देने के लिए बदनाम भी है जिसके परिणाम आज पूरी दुनिया को झेलना पड़ रहा है। चीन ने ना सिर्फ चीन के नागरिकों के अधिकारों का हनन किया साथ ही चीन के

सत्ताधारी हुक्मरानों ने महामारी की खबरों को दबाने का भी भरपूर प्रयास किया।

"क्या सार्स फिर से आ रहा है?"

12 दिसंबर, 2019 को वुहान शहर का **'जीवित जानवरों के मांस बाजार'** की बजह से उसके महज कुछ ही दूरी पर पहले पीड़ित मरीज में पाये गये वायरस की जांच में वरिष्ठ वैज्ञानिक प्रो. झेंगली शी और उनकी टीम ने दिसंबर के दूसरे सप्ताह में ही कोरोनावायरस पर **"एंटीबॉडी-निर्भर वृद्धि"** के लिए आणविक तंत्र का अध्ययन प्रकाशित किया था जिसे चीन के हुक्मरानों ने दबा दिया। ज्यों-ज्यों इस बीमारी के मरीजों की संख्या में धीरे-धीरे स्वतः वृद्धि होने लगी, अस्पतालों में मरीजों की संख्या बढ़ने शुरू हो गए तब एक चीनी चिकित्सक डॉ. ली वेनलियानग ने चेतावनी देते हुए कहा कि **"क्या सार्स फिर से आ रहा है?"** अर्थात उस डॉक्टर और उनकी टीम ने यह भांप लिया था कि यह किसी नए खतरे का संकेत है। जंगली आग की तरह सार्स कोरोना वायरस-2 के आने की खबर तेजी से फैलने लगी। बीमार लोगों की कतार वुहान शहर और उसके आस-पास तेजी से बढ़ती चली गई। जब तक चीन प्रशासन यह खबर दबा पाया, उसने दबाने की भरपूर चेष्टा की। चीन के लिए यह नई बात नहीं थी, चीन ने 2002 में सार्स की महामारी के समय भी ऐसे किया था जिसके परिणाम में सैकड़ों लोगो की जान चली गई थी।

मीडिया को, अस्पतालों व अस्पतालों के कर्मचारियों-डॉक्टरों को, आम जनता को, प्रशासन के अधिकारियों को चीन के हुक्मरानों ने हर प्रकार से साम-दाम-दंड-भेद का प्रयोग कर इस आपातकाल से सामना न कर बस इसे महज एक मामूली वायरस की संज्ञा देते हुए रफा-दफा करने के लिए दबाव बनाने का प्रयास करने लगा। परिणाम देखते-देखते यह आग चीन के अन्य शहरों में भी फैलने लगी। 2002 की महामारी से चीन ने तब भी कोई सबक नहीं सीखा और 2019 में भी चीन ने वही किया जो उसने सार्स की महामारी के समय किया था। जिसके परिणाम में विश्व की पूरी जनता

आज प्रभावित हो चुकी है। विश्व स्वास्थ्य संगठन हो या दुनिया की शक्तिशाली देश सबके सब अभी तक कुछ सोच पाते उनको इस वायरस ने इस कदर डस कर लाचार बना दिया कि अभी कुछ भी आगे कहना मुमकिन नहीं कि आगे क्या होने वाला है।

-----

10. "Bat Woman" Professor Zhengli Shi

Professor Zhengli Shi, Senior Scientist and Principal Investigator of Wuhan National Biosafety Laborator. she also known as China's **"bat woman"**

आपने अबतक पढ़ा होगा....

मीडिया को, अस्पतालों व अस्पतालों के कर्मचारियों-डॉक्टरों को, आम जनता को, प्रशासन के अधिकारियों को चीन के हुक्मरानों ने हर प्रकार से साम-दाम-दंड-भेद का प्रयोग कर इस आपातकाल से सामना न कर बस इसे महज एक मामूली वायरस की संज्ञा देते हुए रफा दफा करने के लिए दबाव बनाने का प्रयास करने लगा। परिणाम देखते-देखते यह आग चीन के अन्य शहरों में भी फैलने लगी। 2002 की महामारी से चीन ने तब भी कोई सबक नहीं सीखा और 2019 में भी चीन ने वही किया जो उसने सार्स की महामारी के समय किया था। जिसके परिणाम में विश्व की पूरी जनता आज प्रभावित हो चुकी है। विश्व स्वास्थ्य संगठन हो या दुनिया की शक्तिशाली देश सबके सब अभी तक कुछ सोच पाते उनको इस वायरस ने इस कदर डस कर लाचार बना दिया कि अभी कुछ भी आगे कहना मुमकिन नहीं कि आगे क्या होने वाला है।

आगे पढ़ें.... मेरा गाँव -10

सूचना- प्रकाशित (2019/12/31 13:38:05)

वुहान नगर स्वास्थ्य और स्वास्थ्य आयोग ने हमारे शहर में वर्तमान निमोनिया महामारी की स्थिति पर सूचना जारी करने वाले प्राधिकरण: वुहान सिटी स्वास्थ्य समिति,

[On 31 December 2019, the Wuhan Municipal Health Commission reported that 27 cases of unexplained pneumonia linked to the wholesale Huanan Seafood Market in Wuhan had been identified and hospitalized. By then, the investigation had not found significant human-to-human transmission and no medical personnel infected. -WMCH]

[**सूचना**] हाल ही में, कुछ चिकित्सा संस्थानों ने पाया कि **निमोनिया** के कई मामले दक्षिण चीन सीफूड सिटी से संबंधित थे। रिपोर्ट प्राप्त करने के बाद, नगर स्वास्थ्य और स्वास्थ्य आयोग ने तुरंत शहर के चिकित्सा और स्वास्थ्य संस्थानों में साउथ चाइना सीफूड सिटी से संबंधित एक मामले की खोज और पूर्वव्यापी जांच शुरू की। सत्ताईस मामले पाए गए हैं , जिनमें से 7 गंभीर स्थिति में हैं, और शेष मामले स्थिर और नियंत्रणीय हैं। निकट भविष्य में दो रोगियों की छुट्टी की उम्मीद है। मामलों की नैदानिक अभिव्यक्तियाँ मुख्य रूप से बुखार थीं, कुछ रोगियों को **सांस लेने में कठिनाई** थी, और छाती के रेडियोग्राफ ने द्विपक्षीय फेफड़े के घुसपैठ के **घावों** को दिखाया। वर्तमान में, सभी मामलों को उपचार के लिए अलग कर दिया गया है, अनुवर्ती जांच और नजदीकी संपर्कों की चिकित्सा टिप्पणियों चल रही हैं, और दक्षिण चीन सीफूड सिटी के लिए स्वच्छता जांच और पर्यावरणीय स्वच्छता डिस्पोजल चल रहे हैं।

वुहान ने क्लिनिकल मेडिकल, महामारी विज्ञान और टिरोजी हॉस्पिटल, प्रोविंशियल सीडीसी, वुहान इंस्टीट्यूट ऑफ वायरोलॉजी, चाइनीज एकेडमी ऑफ साइंसेज, वुहान इंफेक्शियस डिजीज हॉस्पिटल, और वुहान सीडीसी के साथ परामर्श आयोजित किया। महामारी विज्ञान की

जांच और प्रारंभिक प्रयोगशाला परीक्षणों के विश्लेषण के अनुसार, उपरोक्त मामलों को वायरल निमोनिया माना जाता है। अब तक की जांच में मानव-से-मानव संचरण और कोई मेडिकल स्टाफ संक्रमण नहीं पाया गया है। रोगजनक का पता लगाने और संक्रमण के कारण की जांच जारी है।

वायरल निमोनिया सर्दियों और वसंत में अधिक आम है, और फैल या फैल सकता है। नैदानिक अभिव्यक्तियाँ बुखार, खराश, एक छोटे से हिस्से में डिस्पेनिया, और फेफड़ों में घुसपैठ हैं। वायरल निमोनिया विषाणु के संक्रमण, संक्रमण के मार्ग और मेजबान की उम्र और प्रतिरक्षा स्थिति से संबंधित है। वायरल निमोनिया का कारण बनने वाले वायरस इन्फ्लूएंजा वायरस के साथ आम हैं, अन्य पैराएन्फ्लुएंजा वायरस, साइटोमेगालोवायरस, एडेनोवायरस, राइनोवायरस और कोरोनावायरस हैं। पुष्टि वायरस के अलगाव, सीरोलॉजिकल परीक्षण और वायरल एंटीजन और न्यूक्लिक एसिड परीक्षणों सहित रोगजनक परीक्षणों पर निर्भर करती है। रोग को रोकने और नियंत्रित करने योग्य है, और इनडोर वायु परिसंचरण को सार्वजनिक स्थानों और बंद स्थानों को रोकने के लिए रोका जाता है जहां कोई वायु परिसंचरण नहीं है। लोग बाहर जाते समय मास्क पहन सकते हैं। रोगसूचक उपचार मुख्य नैदानिक अभ्यास है, और बिस्तर पर आराम की आवश्यकता है। यदि आपके पास उपरोक्त लक्षण हैं, विशेष रूप से लगातार बुखार, तो आपको समय पर चिकित्सा संस्थान में जाना चाहिए। [end]

Courtesy : wuhan.gov.cn

नोटः अब इस सूचना को सरकारी बेव साइट से हटा दिया गया है।

कोरोना वायरस महामारी (COVID-19)

कोरोना वायरस रोग **(COVID-19)** एक संक्रामक रोग है जो एक नए खोजे गए 'कोरोनवायरस' के कारण फैलता है। कोरोना वायरस नाम लैटिन 'कोरोना' से लिया गया है, जिसका अर्थ है 'मुकुट' या 'प्रभामंडल'।

कोरोना वायरस एक मानव से दूसरे मानव के बीच या जानवरों को भी छींकने और खांसने से उत्पन्न श्वास बूंदों के माध्यम से उसके दायरे में जो कोई भी व्यक्ति आयेगा उसके आँख, नाक व मुँह के रास्ते उसके शरीर में प्रवेश कर सकता है। इस नए श्वसन विषाणु **(Respiratory Virus)** की पहचान सबसे पहले चीन के हुबेई प्रांत के वुहान शहर में हुई थी। भारत, बांग्लादेश, पाकिस्तान, इटली, संयुक्त राज्य अमेरिका, स्पेन, जर्मनी, ईरान, फ्रांस, साउथ कोरिया, स्विट्जरलैंड, ब्रिटेन, नीदरलैंड, ऑस्ट्रेलिया, बेल्जियम, स्वीडन, पुर्तगाल, ब्राजील, कनाडा, डेनमार्क, मलेशिया, तुर्की, नॉर्वे, जापान, इसराइल, आयरलैंड सहित 28 मार्च तक 199 देशों में कोरोनावायरस-2 **(SARS-CoV-2)** ने अपना पाँव पसार लिया है।

विश्वभर में छह लाख लोगों को तेजी से संक्रमित कर चुका है और अब तक मरने वालों की संख्या 27 हजार के आंकड़ों को पार चुकी है। नए कोरोनोवायरस **(2019-nCov)** पहली बार उन लोगों में पाए गए थे जो शहर वुहान के बीचों-बीच बसा एक गीला बाजार **(Wet Market)** में खरीददारी करते थे या काम करते थे। ऐसा माना जा रहा है कि हो सकता है कि रोगजनक जीवित जानवरों को मार के उसके माँस को वहां बेचे जाने से मनुष्यों में उन जानवरों का बीमार वायरस वहां पर काम करने या बाजार करने वाले लोगों में प्रवेश कर गया और परिणामतः प्रथम इस वायरस से तीन लोगों की मौत हो गई है और 200 से अधिक वायरस से संक्रमित हो गए हैं। यह बात है 20 जनवरी 2020 की। इससे पहले भी चाइना में 17 साल पहले भी लगभग 800 लोगों की मौत **Respiratory syndrome or Sars** के कारण हो गई थी।

क्वारंटाइन से समाज को कब तक बचा पाएंगे?

2019-20 कोरोनावायरस महामारी कोरोनोवायरस रोग 2019 **(COVID-19)** की एक महामारी बन चुकी है, जिससे गंभीर तीव्र श्वसन सिंड्रोम (Acute respiratory syndrome) कोरोनावायरस -2 **(SARS-CoV-2)** के कारण होता है। इस प्रकोप की पहचान पहली बार दिसंबर 2019 में चीन के वुहान शहर, हुबेई प्रान्त में हुई थी, और इस बीमारी ने 28 मार्च तक 199 देशों में कोरोनावायरस -2 (SARS-CoV-2) ने अपना पाँव पसार लिया है। विश्वभर में छह लाख लोगों को तेजी से संक्रमित कर चुका है और अब तक मरने वालों की संख्या 27 हजार के आंकड़ों को पार चुकी है। विश्व स्वास्थ्य संगठन (WHO) ने इस बीमारी को एक महामारी के रूप में मान्यता दे दी है। इस महामारी से दुनियाभर के व्यवसाय पर प्रभाव पड़ा है। कई देशों की अर्थव्यवस्था पूरी तरह से लड़खड़ान लगी है।

आमतौर पर इस बीमारी के फैलने में मुख्यरूप से खांसी के दौरान पैदा होने वाली या निकलने वाली थूक के छींटे या बूंदों के माध्यम से यह वायरस एक व्यक्ति से दूसरे में फैलता है। जब सामने दूसरा व्यक्ति या समूह निकट हो तो वह इस वायरस की चपेट में आ जाता है या उसे जिसे इस रोग ने जकड़ लिया है उस व्यक्ति से हाथ मिलाने या उसके छुए किसी भी समान, फाइल, लिफ्ट का बटन, आदि कुछ भी जिसे उसने छुआ हो, उस दूषित स्थान को कोई भी अन्य व्यक्ति छूता है और फिर वह व्यक्ति अपने हाथ को खुद के आंखें, नाक या मुंह में हाथ लगाता हो या वह किसी अन्य जगह को बिना हाथ साफ किये, किसी अन्य चीजों को छूने लगता है। तब यह बीमारी खुद को व एक स्थान से दूसरे स्थान पर तेजी से फैलने लगती है। यह क्रमशः तेजी से एक से दो, दो से चार और चार से चालीस के अनुपात में फैलने लगता है। अभी तक इस बीमारी का कोई सटीक दवा नहीं बन पाई है जिससे इसे आगे बढ़ने से या फैलने से रोका जा सके। विश्वभर में इसे रोकने के लिए **'पूर्ण लोकडाउन'** ही एक मात्र रास्ता बचा है।

31 दिसंबर, 2019 को, विश्व स्वास्थ्य संगठन (**डब्ल्यूएचओ**) चीन के कार्यालय ने वुहान में कई निमोनिया के मामलों के पीछे एक पूर्व-अज्ञात वायरस की पहली रिपोर्ट सुनी जो आज धीरे-धीरे तीन महीने भी अभी नहीं हुए दुनिया भर में आतंक फैला दिया है। न तो इस वायरस की चपेट में आने वालों की संख्या थमने का नाम ले रही ना ही मरने वालों की संख्या का बहाव थमने का नाम ले रहा है। भारत में भी 23 मार्च को जनता कर्फ्यू एवं इसके दो दिन बाद यानी 25 मार्च से 21 दिन का पूर्ण लॉकडाउन घोषित कर दिया गया। विश्व स्वास्थ्य संगठन ने इसे सदी की सबसे बड़ी त्रासदी बताते हुए इसे महामारी के रूप में व्याखित कर दिया है। अमेरिका ने सर्वप्रथम सारे नियमों को ताख में रखते हुए इसके टीका के निदान के लिए सीधे 40 मानव परीक्षण करना शुरू कर दिया है। अब तक इस बीमारी से बचने का एक मात्र रास्ता जिस पर चीन ने काफी सफलता पाई है वह है लोगों को अलग-थलग कर देना अर्थात इस वायरस के संपर्क में आने वाले उन सभी लोगों को बेरहमी से क्वारंटाइन (समाज से अलग) कर देना। कारण कि जब तक उसके शरीर में प्रवेश जीवाणुओं को मार नहीं दिया जाता तब तक वह व्यक्ति सैकड़ों लोगों के लिए मुसीबतों का कारण बन सकता है। सवाल यह भी उठने लगा कि आखिर क्वारंटाइन से कब तक हम इस महामारी पर काबू पा सकेंगे?

कोरोना-वायरस के चलते पहली मौत की पुष्टि 9 जनवरी 2020

11 फरवरी 2020 को डब्ल्यूएचओ ने काफी सोच समझ कर अन्ततः इस बीमारी को अधिकारिक तौर पर यह घोषणा की कि **COVID-19** का प्रकोप एक महामारी है और हम इस प्रकोप का आकलन कर रहे हैं इसके प्रसार खतरनाक है हालांकि **COVID-19** ने 30 जनवरी को कोविद -19 को "विश्व स्वास्थ्य आपातकाल अन्तरराष्ट्रीय संस्थान "Public health emergency of international concern" (PHEIC) को नामित किया था, लेकिन वह इस बीमारी को महामारी कहने से हिचक रहा था। इस संस्थान

का मानना था कि "महामारी हल्के या लापरवाही से इस्तेमाल करने के लिए एक शब्द नहीं है। यह एक ऐसा शब्द है, जिसका दुरुपयोग होने पर, अनुचित भय, या अनुचित स्वीकृति हो सकती है जिसे विश्वस्तर पर संभतः कई देशों का विरोध का सामना भी करना पड़ सकता था जिससे अनावश्यक रूप से विवाद पैदा होने की संभावना थी।"

"On February 11, the WHO announced the official name of the disease: Covid-19. The virus that causes that disease is likely to be called Severe Acute Respiratory Syndrome Coronavirus 2, or Sars-CoV-2 for short, according to a draft paper from the International Committee on the Taxonomy of Viruses."

21वीं सदी के दौरान, कोरोना-वायरस का अध्ययन करने वाले शोधकर्ताओं ने - a family of enveloped positive stranded RNA viruses of vertebrates'8 वायरस का एक परिवार - पर काफी अध्ययन किया था। सिंड्रोम (SARS) और, कुछ साल बाद, मध्य पूर्व श्वसन सिंड्रोम (MERS) दोनों ही एक ही परिवार के कीटाणु पाये गए थे, जो जानवरों से मानव शरीर में प्रवेश करता है जिसे "मानव कोरोनावायरस" कहा जाता था। वुहान शहर में सर्वप्रथम 31 दिसम्बर 2019 को यह नोवल कोरोनावायरस प्रकाश में आया परन्तु तब इसे शुरूआती दौर में साधारण वायरस मान कर इलाज किया जाने लगा परन्तु जब तक चीन के डाक्टर'स इस बात को समझ पाते इसमें देर हो चुकी थी, इसे छोटा कर आंकने के चक्कर में चीन इस महामारी की चपेट में आ चुका था और 20 जनवरी 2020 के आते-आते यह वायरस चीन के दस शहरों में पांव पसार चुका था। 19 जनवरी 2020 को चीन की आधिकारिक रिर्पोट में 218 मामलों की पुष्टि कर दी गई। साथ ही यह हिदायत भी जारी की गई

(क)कच्चा या अपक्व मांस ना खांयें।

(ख) जिस व्यक्ति को जरा भी बुखार या वह अस्वस्थ है उससे दूरी बनायें।

(ग) चीन में सभी आने वाले लोगों की टेम्परचर मीटर से जांच जरूरी है। एवं
(घ) वुहान में जो व्यक्ति अस्वस्थ हो उसे दो सप्ताह के लिए क्वारंटाइन होने को कहा गया।

पहली मौत की पुष्टि 9 जनवरी 2020 को वुहान में हुई थी । महज 15.20 दिनों के अंदर नोवल कोरोना'वायरस ने चीन की यह हालात कर दी चीन को अंततः इस बीमारी के कारण कई शहरों को लोकडाउन कर देना पड़ा। लाखों लोगों को क्वारंटाइन (गृहबंदी) कर दिया गया। सरकारी अधिकारी सूचनाओं के आधार पर घर-घर जाकर मरीजों जबर्दस्ती उठा के ले जाने लगी। जनता कुछ समझ भी नहीं पा रही थी अब क्या होगा? कल क्या होगा? सब तरफ सन्नाटा बिखरा पड़ा था।

"Bat Woman" Professor Zhengli Shi

Professor Zhengli Shi, Senior Scientist and Principal Investigator of Wuhan National Biosafety Laborator. she also known as China's **"bat woman"**

वास्तव में, नए कोरोना-वायरस के प्रथम बार 12 दिसंबर, 2019 को वुहान शहर का 'गीला बाजार' से महज 8-6 मील की दूरी पर अपने पहले पीड़ित मरीज में पाये वायरस की जांच में प्रो. झेंगली शी और उनकी टीम ने दिसंबर में ही कोरोनावायरस पर ''एंटीबॉडी-निर्भर वृद्धि'' के लिए आणविक तंत्र का अध्ययन प्रकाशित किया था जो चीन के लिए एक नया सिरदर्द साबित होने लगा था। प्रो. झेंगली पिछले 20 वर्षों से वरिष्ठ वैज्ञानिक और आप वुहान इंसिटगेट के प्रधान अन्वेषक (Principal Investigator) रही हैं, जो शुरू में 1993 में रिसर्च प्रमुख साइंटिस्ट के रूप में पदोन्नति से पहले 1990 में एक रिसर्च असिस्टेंट के रूप में कार्य शुरू किया था। 1995 तक उस भूमिका में रही। उसके बाद आपने 1995 से 2000 तक फ्रांस में मोंटपेलियर विश्वविद्यालय में पीएचडी प्राप्त करने चली गई थी। उसने 30 वर्षों इस संस्थान के साथ कार्य किया। इस अध्ययन के प्रकाशित होने के

तुरंत बाद - शाब्दिक रूप से अगले दिन ही इस वायरस के संक्रमित लोग आने लगे। चीन ने इस सच को दबाने की पूरजोर कोशिश की। परिणाम आज हम सबके सामने है। कहते हैं इस रिपोर्ट को लेकर चीन का मांस व्यवसाय पर खतरा मंडराने लगा था जो वहाँ के लोगों का प्रमुख आहार है। इससे पहले प्रो. झेंगली शी ने नवम्बर 2017 को संपादक के नाम एक पत्र में ''साइंस चेयना लाइफ' में लिखा था कि

"In a letter to the editor of SCIENCE CHINA Life Sciences published in November, 2017, entitled Cross-neutralization of SARS coronavirus-specific antibodies against bat SARS-like coronaviruses, Prof. Zhengli warns that severe acute respiratory syndrome coronavirus (SARS-CoV) is considered to be an emerging zoonotic pathogen crossing species barriers to infect humans, and that the spike protein of the virus' RNA genome plays a key role in human cellular entry."

she recalls....

The mysterious patient samples arrived at Wuhan Institute of Virology at 7 P.M. on December 30, 2019. Moments later, Shi Zhengli's cell phone rang. It was her boss, the institute's director. The Wuhan Center for Disease Control and Prevention had detected a novel coronavirus in two hospital patients with atypical pneumonia, and it wanted Shi's renowned laboratory to investigate. If the finding was confirmed, the new pathogen could pose a serious public health threat—because it belonged to the same family of bat-borne viruses as the one that caused severe acute respiratory syndrome (SARS), a disease that plagued 8,100 people and killed nearly 800 of them between 2002 and 2003. "Drop whatever you are doing and deal with it now," she recalls the director saying. -Shi Zhengli, known as China's "bat woman"

वुहान शहर का 'गीला बाजार' (Wet Market)

वुहान शहर का **'गीला बाजार'** जीवित मछली, मांस और जंगली जानवरों को बेचने वाले स्टालों का परिसर क्षेत्र में के रूप में जाना जाता है।

कई शोधकर्ताओं का मानना है कि नया वायरस संभवतः जानवरों में एक कोरोनावायरस से उत्परिवर्तित होने की संभावना से इंकार नहीं किया जा सकता और वुहान बाजार में कार्यरत लोगों के माध्यम से आज पूरी दुनिया में कहर बरपा रहा है। वुहान के वेट बाजार में कच्चा मीट और जीवित खाने के पशु बेचे जाते हैं जिनमें मुर्गियां, हाथी, गधे, भेड़, सूअर, ऊंट, कुत्ते, लोमड़ी, कुआला, बैज, बांस के चूहे और हेजहॉग जैसे सांप, केंकड़ा, चमगादड़, नवजात चूहों के बच्चे, पशु-पक्षियों के भ्रूण, अंडों में जन्मे बच्चे, भी इनके भोजन में शामिल है। कई शोधकर्ताओं का यह भी मानना है कि चीन से फैलने वाली मूल रूप में सभी बीमारियों जो चमगादड़ों की आबादी से आती है। जिसमें गंभीर तीव्र श्वसन सिंड्रोम कोरोनावायरस (SARS-CoV or "SARS - Classic), गंभीर तीव्र श्वसन सिंड्रोम कोरोनावायरस - 2 COVID-19), जिसे पहले 2019-nCoV या **"नोवेल कोरोनावायरस**

2019'' के रूप में जाना जाता है विश्व स्वास्थ्य संगठन ने इसे ही COVID-19 का नाम दिया है।

31 दिसंबर'2019 में, केंद्रीय चीनी शहर वुहान (हुबेई प्रांत) में संक्रामक बीमारी का एक रहस्यमय प्रकोप का मामला तेजी से मीडिया में आया इस बीमारी का केंद्र था वुहान हुआन सीफूड मार्केट **(वुहान हैइक्सियन पिफा शिखांग Wuhan Haixian Pifa Shichang)** , जिसे 1 जनवरी 2020 को वुहान के अधिकारियों द्वारा बंद कर दिया गया था ताकि नोवेल कोरोना-वायरस की उत्पत्ति की आगे की जांच हो सके। 11 जनवरी तक, वुहान में सार्वजनिक स्वास्थ्य अधिकारियों ने कहा कि संक्रमण के कुल 41 लोगों की पहचान हुई है, जिनमें से दो व्यक्तियों को इलाज से छुट्टी दे दी गई थी, सात गंभीर रूप से बीमार थे, और एक व्यक्ति की मृत्यु हो गई एवं 739 अन्य व्यक्तियों को संक्रमित पाया गया है।

चाइना की पीपुल्स रिपब्लिक ऑफ चाइना (पीआरसी) का इतिहास, संक्रामक रोग के प्रकोप से निपटने में कभी भी गंभीर नहीं रहा । खासकर जब राजनीतिक रूप से वातावरण वेहद संवेदनशील हो। सार्स (SARS) के प्रारंभिक प्रकोप के दौरान भी दक्षिणी चीन में नवंबर 2002 - अप्रैल 2003 के बीच भी ऐसा ही देखा गया था। अधिकारियों ने सक्रिय रूप से संकट के बारे में जानकारी को दबाने का भरपूर प्रयास किया जिसके परिणाम में लगभग 800 लोगों ने इस सार्स महामारी से अपनी जान गंवा दी थी। तत्कालीन ग्वांगडोंग पार्टी के सचिव झांग देजियांग के अधीन अधिकारियों ने लगभग मध्य फरवरी तक बीमारी के समाचार कवरेज पर मीडिया प्रतिबंध लगा दिया और तब भी मामलों की संख्या और गंभीरता को कम करके बताया गया था, झूठे दावों के साथ कि प्रकोप नियंत्रण में था। हू जिंताओ (which commenced at the November 2002 Sixteenth Party Congress, and continued through the March 2003 meeting of the National People's Congress) के औपचारिक नेतृत्व के दौरान संभावित सामाजिक अशांति के कारण इस तरह के निर्णय लिए गए थे। इस तरह की महामारी की सूचनाओं को दबा दिया गया। चीन ने ठीक

2002 वाला वहीं हथकंडा इस बार भी अपनाने की भरपूर प्रयास किया परन्तु धीरे-धीरे चीन के हालात बेकाबू होते चले गए। आज पूरी दुनिया में चीन के इस गोरखधंधे को लेकर चिंता जताई जा रही है एक तरफ विश्व संगठन जंगली व वन्यजीवी जानवरों के जीवन के साथ खिलवाड़ करने वालों पर प्रतिबंध लगा रहा है, तो दूसरी तरफ चीन के प्रायः सभी शहरों में जिन्दा जानवरों को कच्चे मांस को खाने की परंपरा जारी है। विश्व स्वास्थ्य संगठन लाचार है।

इस प्रकार की बीमारी के प्रकोप की खबरों को दबाने के लिए चीनी हुक्मरानों की सामान्य प्रवृत्ति बन चुकी है। संभवतः सामाजिक अशांति व अफवाहें भी एक कारण हो सकता है। चाहे जो भी हो सच हो या गलत, स्थानीय अधिकारियों को नाराज करना अपराध माना जाता है। एक उदाहरण में, 1 जनवरी' 2020 को वुहान पब्लिक सिक्योरिटी ब्यूरो ने घोषणा की कि वायरस के फैलने के बारे में ऑनलाइन अफवाहें फैलाने वालों पर कानूनी कार्यवाही की जाएगी एवं आठ व्यक्तियों को पकड़ कर उन पर मुकदमा भी चलाया जा रहा है। वुहान स्वास्थ कमीशन ने सार्स के समय इस तरह की खबरों को तीन माह तक दबाये रखा। यह उनकी आदत बन चुकी थी जो इस बार इनकी करतूतों का परिणाम आज पूरा विश्व भोग रहा है।

-----

11. भारत में संपूर्ण लॉकडाउन

हिरोशिमा और नागासाकी और द्वितीय विश्व युद्ध से भी भयावह हो चुका था कोरोना वयरस। देश के देश सम्पूर्ण रूप से पूर्ण लोकडाउन की तरफ बढ़ रहे थे।

आपने अबतक पढ़ा होगा....

1 जनवरी' 2020 को वुहान पब्लिक सिक्योरिटी ब्यूरो ने घोषणा की कि वायरस के फैलने के बारे में ऑनलाइन अफवाहें फैलाने वालों पर कानूनी कार्यवाही की जाएगी एवं आठ व्यक्तियों को पकड़ कर उन पर मुकदमा भी चलाया जा रहा है। वुहान स्वास्थ कमीशन ने सार्स के समय इस तरह की खबरों को तीन माह तक दबाये रखा। यह उनकी आदत बन चुकी थी जो इस बार इनकी करतूतों का परिणाम आज पूरा विश्व भोग रहा है।

आगे पढ़ें.... मेरा गाँव -11

भारत में संपूर्ण लॉकडाउन

भारत के प्रधानमंत्री मोदी ने भी दिनांक 24 मार्च की मध्यरात्रि से 21 दिनों का पूरे भारत में संपूर्ण लॉकडाउन की घोषणा कर दी।

हिरोशिमा और नागासाकी और द्वितीय विश्व युद्ध से भी भयावह हो चुका था कोरोना वयरस। देश के देश सम्पूर्ण रूप से पूर्ण लोकडाउन की तरफ बढ़ रहे थे।

"क्या सार्स फिर से आ रहा है?"
(Whistleblower Doctor Li Wenliang)

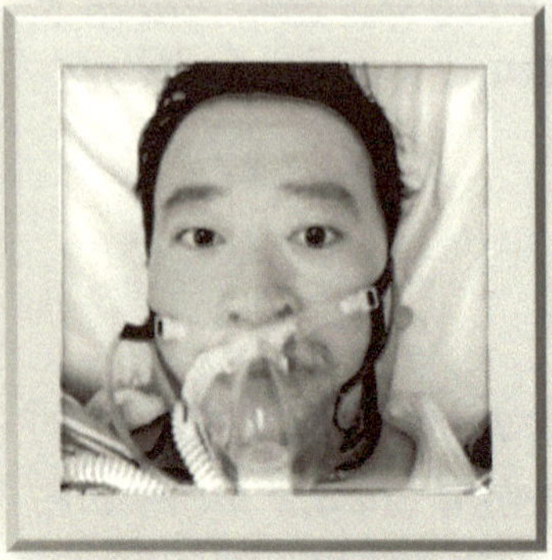

Dr Li had posted a picture of himself on social media from his hospital bed:

The death of a Chinese doctor who tried to warn about the coronavirus outbreak has sparked widespread public anger and grief in China. Li Wenliang died after contracting the virus while treating patients in Wuhan. Last December he sent a message to fellow medics warning of a virus he thought looked like Sars - another deadly coronavirus. But he was told by police to "stop making false comments" and was investigated for "spreading rumours". "I don't think he was rumour-mongering. Hasn't this turned into reality now?" his father, Li Shuying, told the BBC. "My son was wonderful." **-BBC REPORT**

एक चीनी चिकित्सक **डॉ. ली वेनलियानग** ने चेतावनी देते हुए कहा था कि "**क्या सार्स फिर से आ रहा है?**" 2002 में चीन में यह महामारी इतनी भयावह थी कि लगभग 800 लोगों ने इस महामारी से अपनी जान गंवा दी थी। वुहान शहर में **कोरोना'वायरस** के फैलने की संभावना को देखते हुए डॉ. ली ने यह जानकारी सार्वजनिक कर दी। जैसे ही इसकी सूचना सरकार को लगी, तत्काल मध्य रात में ही वुहान शहर के स्वास्थ्य प्राधिकरण के अधिकारियों ने डॉ. ली को अपने पास बुला भेजा और यह जानने की कोशिश की, कि उन्होंने यह जानकारी (कोरोना'वायरस के फैलने की) क्यों सार्वजनिक रूप से साझा की? पुलिस ने इस जानकारी को छुपाए रखने हेतु उसे एक बयान पर हस्ताक्षर करने के लिए भी मजबूर किया और डॉ. ली वेनलियानग को चेतावनी दी की वे इस सूचना को किसी से शेयर न करे। इसके चन्द दिनों बाद ही वुहान अस्पताल ने 7 फरवरी' 2020 को **व्हिसलब्लोअर** (Whistleblower Doctor Li Wenliang)

डॉक्टर ली वेनलियानग '**कोरोना'वायरस'** से संक्रमित हो जाने के कारण उनकी मृत्यु की घोषणा कर दी गई।

चीन सरकार और कम्युनिस्ट पार्टी द्वारा वायरस के बारे में सच्चाई को छिपाने की कोशिश और सच्चाई बताने की कोशिश कर रहे लोगों धमकाना एक विडंबना ही थी जिसके परिणाम स्वरूप विश्व ने इस महामारी को भोगा। यदि चीनी सरकार और कम्युनिस्ट पार्टी इस बीमारी के बारे चीन के डॉक्टरों की बात को छुपाने का प्रयास नहीं करती तो इस बीमारी पर जल्द ही काबू पाने में उन्हें कामयाबी मिल गई होती। संभवतः उस समय इस कोरोनावायरस की महामारी को समयबद्ध तरीके से आगे बढ़ने से रोका भी जा सकता था। आज चीन ने ना सिर्फ मानव जाति के लिए एक संकट पैदा कर दिया, विश्व के सामने आर्थिक और मानवीय संकट भी पैदा कर दिया है जो दो दशकों तक पूरे विश्व को प्रभावित करेगी। हिरोशिमा और नागासाकी और द्वितीय विश्व युद्ध से भी भयावह हो चुका था कोरोना वयरस। देश के देश सम्पूर्ण रूप से पूर्ण लोकडाउन की तरफ बढ़ रहे थे।

इटली, स्पेन के बाद भारत के न भी 24 मार्च 2020 की मध्यरात्रि से 21 दिनों का पूरे भारत में संपूर्ण लॉकडाउन की घोषणा कर दी।

"भारत में संपूर्ण लॉकडाउन"

विक्टिम कार्ड:

हड़बड़ाहट और घबड़ाहट में लिया गया भारत का निर्णय "**भारत में संपूर्ण लॉकडाउन**" के फैसले से रातों-रात पूरे देश में फिर से **नोटबंदी** की तरह ही अफरा-तफरी जैसा माहौल हो गया। पूरे देश में यातायात के साधन अचानक से ठप कर दिए गए, आफिसें, दुकानें, कल-कारखाने आदि सबके सब बंद हो जाने से प्रवासी मजदूरों को लगा कि अब क्या होगा? किसी तरह ये लोग 15-16 दिन निकाले पर लॉकडाउन का भूत

सरकार के सर पर इस कदर चढ़ा हुआ था कि **पूरा देश ताली और थाली** बजाने में मसगुल था।

देश में आर्थिक संकट के काले बादल मंडराने लगे। अभी किसी प्रकार देश **नैनो चिप्स** के हादसे से उबरा ही था, कि कोरोना महामारी का भूत सर चढ़कर बोलने लगा। लाखों प्रवासी मजदूर सैकड़ों मील दूर अपने-अपने घरों की तरफ पैदल ही निकल पड़े। कोई सर पर बच्चे को उठाये तो कोई कंधे पर, कई बच्चों को नंगे पांव ही सड़कों पर चलते देखा गया। भूखे-प्यासे, भोजन-पानी के लिए तड़फते, मरते, लोगों के झंडू के झूंड बेबस-लाचार लोगों का दर्द दृश्य देखकर भी हमारी सरकार चुप ही रही। दूसरी तरफ निक्कर'वादियों ने देश की इस दो-तरफा हादसे को आपदा को अवसर में बदलने के लिए जमकर हिन्दू-मुस्लीम किया। इस संकट की घड़ी में जहाँ लोग ईलाज के लिए तड़फ रहे थे, सरकारी अस्पतालों के बाहार लाइनें लग चुकी थी। दवा का अभाव, ईलाज कौन सा हो इस पर बहस चल ही रही थी, प्राइवेट अस्पतालों की लूट चल रही थी ऐसे समय में व्यवस्था के नाम पर भारत सरकार **तब्लीगी जमात** को लेकर विक्टिम कार्ड खेलने में लगी थी।

तब्लीगी जमात साजिश

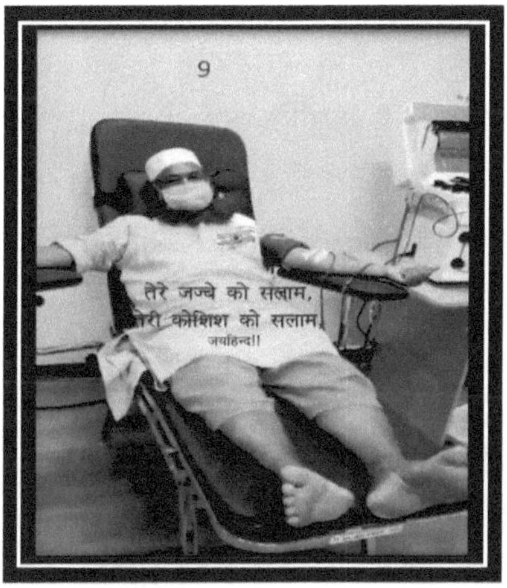

स्वास्थ्य मंत्रालय के सचिव ने अधिकृत रूप से प्रेस कॉन्फ्रेंस कर सरकार की तरफ से बयान जारी कर आरोप लगाया कि **तब्लीगी जमात** (मुसलमानों का एक वर्ग) के लोगों ने ही देश के अलग-अलग हिस्सों में जाने की वजह से कोरोना संक्रमण के मामलों में बढ़ोतरी हुई है। अभी देश यह समझ ही नहीं पाया कि इस बीमारी के पीछे किस का हाथ है? भारत सरकार ने एक नया राग अलापना शुरू कर दिया, इससे देश में साम्प्रदायिक माहौल को तार-तार करने हेतु, तमाम सरकारी प्रयास किये जाने लगे यह अलग बात थी कि बाद में तब्लीगी जमात के लोगों को जिन आरोपों में हिरासत में लिया गया था, कोर्ट ने सभी लोगों को उन आरोपों से मुक्त करते हुए सभी को रिहा कर दिया। यदि इस विषय के ऊपर ही यानी कि तब्लीगी जमात और कोरोना के समय मुसलमानों को लेकर जो-जो अफवाहें देश में सरकारी तंत्र ने फैलाई थी पर एक पुस्तक लिखी जाए, तो देश को गुजरात मॉडल के सच का पता लगेगा और आने वाले समय में दस्तावेज के रूप में भी काम आ सकेगा।

तब्लीगी जमात क्या है?

तब्लीगी जमात (उपदेश के लिए समूह) आंदोलन की स्थापना भारत के मेवात में 1927 में हुई थी और यह हनफी सुन्नी स्कूल ऑफ ज्यूरिसुड के देवबंदी ब्रांड से उपजा है। देवबंदी दक्षिण एशिया में इस्लाम का सबसे प्रचलित रूप है, और तब्लीगी जमात बड़े देवबंदी समुदाय का एक छोटा सा उप-समूह है। तब्लीगी जमात को एक राजनीतिक, जनवादी संगठन

के रूप में डिजाइन किया गया था जो दुनिया भर के मिशनरियों को इस्लाम के अधिक रूढ़िवादी प्रथाओं के लिए स्वच्छंद मुस्लिमों को वापस लाने के इरादे से मिशन पर भेजता है। तब्लीगी जमात के फॉलोअर्स (तब्लीगी) ज्यादातर दक्षिण एशियाई मूल के हैं, हालांकि कई अलग-अलग जातीय और राष्ट्रीय पृष्ठभूमि से तब्लीगी हैं। वास्तव में, इनका नेटवर्क 150 देशों में फैला हुआ है और इसके अनुमानित 70 से 80 मिलियन सक्रिय अनुयायी हैं, जो इसे दुनिया का सबसे बड़ा मुस्लिम संगठन बनाता है।

पाकिस्तान में इसकी वार्षिक सभा, द हज । **तब्लीगी लोग दान नहीं करते या प्राप्त नहीं करते हैं**, बल्कि बड़े पैमाने पर वरिष्ठ सदस्यों द्वारा वित्त पोषित होते हैं। एक अर्थ में, तब्लीगी जमात एक व्यापक प्रशिक्षण प्रणाली है जो औसत मुसलमानों से अपने स्वयं के जीवन की जांच करने और अपने साथी मुसलमानों को रूढ़िवादी इस्लाम को वापस बुलाने में शामिल होने का आग्रह करती है। यह किसी भी सुन्नी मुस्लिम को तब तक अपने मिशनरी काम में शामिल होने की अनुमति देता है जब तक कि वह व्यक्ति समूह के महत्वपूर्ण पंथ को स्वीकार नहीं करता है।

संयुक्त राज्य अमेरिका में, एफबीआई का मानना है कि कुछ 50,000 लोग तब्लीगी जमात मिशन से जुड़े हुए हैं, जबकि तब्लीगी मस्जिद वर्तमान में कई अमेरिकी राज्यों में संचालित होती हैं, जिसमें कैलिफोर्निया, टेक्सास और न्यूयॉर्क शामिल हैं।

[तसलीमा ने एक इंटरव्यू में कहा, 'मैं अभिव्यक्ति की स्वतंत्रता में भरोसा करती हूँ लेकिन कई बार इंसानियत के लिए कुछ चीजों पर प्रतिबंध लगाना जरूरी है। यह जमात मुसलमानों को 1400 साल पुराने अरब दौर में ले जाना चाहती है।' उन्होंने कहा, 'हम मुस्लिम समाज को शिक्षित, प्रगतिशील और अंधविश्वास से बाहर निकालने की बात करते हैं लेकिन लाखों की तादाद में मौजूद ये लोग अंधकार और अज्ञानता फैला रहे हैं। मौजूदा समय में साबित हो गया कि ये

अपनी ही नहीं दूसरों की जिंदगी भी खतरे में डाल रहे हैं। ये इस्लाम की कोई सेवा नहीं कर रहे हैं।।]

जो लोग भारत के आज के इस व्यवहार पर लिख-बोल रहे हैं वे ही लोग पाकिस्तान के इसी व्यवहार पर आजतक चुप थे। जो मुसलमान आज खुद को भारत में असुरक्षित होने की बात बोल रहे हैं वे ही लोग कश्मीरी पंडितों को कश्मीर से निकाले जाने पर चुप क्यों थे? यह सवाल उठना स्वभाविक है। और उठाया जाना भी तार्किक लगता है।

भ्रामक खबरों का सूत्रधार कौन?

विश्व स्वास्थ संगठन के अनुसार विश्व के 210 देशों में चीन के वुहान शहर से उत्पन्न कोरोना'वारस का फैलाव हो चुका था। आज **[13 अप्रैल 2020]** की सुबह तक विश्वभर में कोराना पीड़ितों की संख्या लगभग उन्नीस लाख के आंकड़ों के पास आस-पास मंडराने लगा था। वहीं विश्वभर में कोरोना-वायरस से संक्रमित लोगों की मरने वालों की संख्या एक लाख चौदह हजार को पार कर चुकी था, उपरोक्त पीड़ित लोगों में महज एक चौथाई लोगों को ही अब तक राहत मिली थी, वे इस महामारी से बचकर अपने घर वापस जा चुके थे। किसी भी तरह से कोई राहत की खबर ना के बराबर आती थी। विश्व स्वास्थ्य संगठन व विश्वभर की सरकारें अपने-अपने देशों में उपलब्ध संसाधनों से लोगों को राहत पहुंचाने में भरसक प्रयास कर रहे थे। तब तक भारत में भी कोराना-वायरस काफी तेजी से फैलना आरम्भ कर चुका था। स्वास्थ्य और परिवार कल्याण मंत्रालय, भारत सरकार के अनुसार तब तक भारत में 9 हजार से अधिक कोरोना के मरीज पाये गए, वहीं मरने वालों की संख्या 300 के पार हो चुकी थी । जबकि महाराष्ट्र, दिल्ली, तामिलनाडू, राजस्थान, मध्यप्रदेश, उत्तरप्रदेश, गुजरात व कश्मीर कुछ ऐसे राज्य हैं जहां से हैरान कर देने वाले आंकड़े निकल रहे हैं, जो किसी भी रूप में शुभ संकेत तो नहीं माने जा सकते ।

दुनिया के सबसे शक्तिशाली छह देश जिसमें अमेरिका, स्पेन, इटली, फ्रांस, जर्मनी और इंग्लैंड ने अबतक चीन के आंकड़ों को पीछे छोड़ दिया था। यह इस बात की भी पुष्टि करता है कि अहंकार से कोरोनावारस पर विजय नहीं पाई जा सकती ना ही किसी धर्म का सहारा लेकर। यदि उक्त छह देश जो तमाम सुख-सुविधाओं से युक्त देशों में आते हैं इन देशों में मरने वालों की संख्या को रोका नहीं जा सका था, तो भारत जैसा देश जहाँ चिकित्सा व्यवस्था के नाम पर अधिकांश अस्पतालों में कुत्ते ही ऑपरेशन थिएटर के अंदर सोये मिलेंगे, नेताओं को प्लेन से ईलाज के लिये ले जाने के लिये तत्काल सुविधा उपलब्ध है, पर गरीबों को एम्बुलेंस के नाम पर साइकिल, बेलगाड़ी, तांगागाड़ी ही नसीब है। रात-रात भर की यात्रा के पश्चात कोई मरीज जिन्दा अस्पताल पहुँच भी गया तो डॉक्टरों के बिल के नीचे दब कर मर जाता है पूरा परिवार, गाँव में तो यह कहावत भी चल पड़ी कि अस्पताल में मरने से अच्छा है घर में ही प्राण त्याग दो।

भारत भी इन देशों के साथ-साथ खुद को इस महामारी से बचाने का लगातार प्रयास कर रहा था। '**जनता कर्फ्यू**' की सफलता के बाद पिछले 25 मार्च से भारत में अगले 30 अप्रैल 2020 तक पूर्ण लॉकडाउन चल रहा था। ऐसे समय में भी कुछ सिरफिरे लोग किसी विशेष उद्देश्य से देश के माहौल को सांप्रदायिक रंग देने से बाज नहीं आ रहे थे। इसमें कुछ समाचार पत्र व मीडिया हाऊसे'स की भी बड़ी भूमिका को नाकारा नहीं जा सकता। ये लोग भी आग में घी डालने का काम कर रहे थे। एटीएम से पैसे निकालने से लेकर सब्जी व घर की जरूरतों की सामग्रियों की बात सामने आ रही थी, वहीं कुछ वीडियो में एक खास समुदाय को टारगेट कर उनके नाम से अफवाहों का बाजार गर्म किया जा रहा था। इन सबके बीच **भारतीय सेना** भी पीछे नहीं थी, गरीबों को सड़कों पर सहायता करने के बजाय उनके जले पर नमक छिड़क रही थी, कभी बैंडबाजा बजा कर, कभी फूलों की वारिस करवा कर, पता नहीं किस आदमी की मानसिकता थी? सड़कों पर गरीब जनता आकाश की ओर देख सोच रही थी शायद बाढ़ राहत की तरह ही, सरकार उनके लिए पानी, भोजन की व्यवस्था कर रही होगी, लेकिन उनके माथे पर अनाज के पैकेटों, पानी के पौउच की

जगह कुछ ओर ही गिर रहा था। विधाता को यही मंजूर था शयाद, अच्छे दिन के सपने दिखा कर मानो किसी ने उनका सबकुछ लूट लिया हो। भारत की मीडिया यही दिखा कर जश्न मना रही थी, शायद **विकास का यह भी एक नया मॉडल** था।

कोरोना'वायरस के चलते भारत में लॉकडाउन का अभी चौथा चरण चल रहा है। इसमें हमें कितनी सफलता या असफलता मिली अब यह बात किसी से छुपाने की नहीं रही। दुनियाभर में भारत की कितनी प्रशंसा हो रही है यह बात भी अब सोशल मीडिया में आ चुकी है। यह अलग बात थी कि भारत की मीडिया इससे रूबरू होना नहीं चाहती। भारत में एक सिर्फ महाराष्ट्र में कोरोना वायरस से संक्रमित लोगों की संख्या 55 हजार के आंकड़े को पार कर चुकी है। जिस प्रकार शुरूआत में भारत के स्वास्थ्य विभाग ने एक समुदाय के आंकड़े को अलग से परिभाषित कर देश को या बताने का प्रयास कर रही थी कि भारत में कोरोना'वायरस के लिए सिर्फ एक ही समुदाय सामुहिक रूप से जिम्मेदार है । वरणा भारत में कोरोना'वायरस पर जल्द ही नियंत्रण पा लेती। समाज के चंद समर्थकों ने एक मुहिम भी चला रखी थी, देश के वातावरण को कोरोना'वायरस के बहाने, सांप्रदाायिक रंगों में रंगा जा रहा था । गरीब सब्जीवालों, फलवालों पर ठीक गौरक्षकों की तरह उन पर हमले की खबरें सामने आने लगी थी, इस बीच महाराष्ट्र के पालघर के गड़चिनचले गांव में इन्हीं तथाकथित भक्तों के द्वारा ही फैलाये गये झूठी अफवाहों के शिकार जूना अखाड़े के दो साधुओं समेत तीन लोगों की पुलिस के सामने ही पीट-पीटकर निर्मम हत्या कर दी गई। हत्या करने वाले लोग ग्रामीण भी हिन्दू आदिवासी के युवा थे। हत्या की इस घटना ने पूरे देश को शर्मसार कर दिया, एक राजनीतिक दल के प्रवक्ता ने इस घटना को तत्काल सांप्रदायिक रंग दे दिया था। लगातार तीन दिनों तक देश में विभिन्न समाचार चैनलों के माध्यम से सांप्रदायिकता की आग फैलाने का भरपूर प्रयास किया गया। इस बीच प्रधानमंत्री सहित, संघ प्रमुख मोहन भागवत जी व भाजपा के राष्ट्रीय अध्यक्ष को सामने आकर बोलना पड़ा कि संकट की इस घड़ी में देश के सांप्रदायिक माहौल को कोई खराब न करें। साफ संकेत था कि वे

अपने ही समर्थकों को यह संदेश दे रहे थे। इससे पहले आपको याद होगा कि गौरक्षकों के लिए भी कड़े से कड़े शब्दों का प्रयोग किया था।

सवाल यह उठता है कि ऐसे समय में भी केंद्र की सरकार चुप क्यों थी? जो लोग ऐसी अफवाहों को रोकने का प्रयास करते थे या उसकी सच्चाई को सामने ला रहे थे तो ऐसे लोगों को ट्रोल किया जाता था। मैं यह तो नहीं मानता कि सरकार ऐसा करा रही होगी, परन्तु इस प्रकार की सूचनाओं का जाल इनके ही मीडिया से जुड़ा हुआ था, जो किसी न किसी रूप से सरकार के एजेंडों को बढ़ाने में लगे थे।

धार्मिक आधार पर किसी एक कौम को बदनाम करना धर्मनिरपेक्षता तो नहीं मानी जा सकती। भले ही वह किसी भी धर्म के लोग हों । भारतीय संविधान के **अनुच्छेद 15** में सभी को स्वतंत्र रूप से व्यवसाय करने व रहने का अधिकार देती है वहीं **अनुच्छेद 26** में धर्म के आधार पर संस्थाओं को संचालन का अधिकार, इसके लिए कुछ हद तक मुसलमान भी जिम्मेदार हैं।

इसका यह अर्थ भी कदापि नहीं हो सकता कि इन अधिकारों की आड़ में कोई देश के साथ गद्दारी करे या खुद की कौम को बहकाये। ऐसे लोग देश के दुश्मन हैं। पिछले कई सालों में भारत में ऐसी विचारधारा को काफी प्रश्रय मिला है। कश्मीर में जो कुछ किया गया वह रातों-रात तो नहीं हो सकता। लाखों हिन्दुओं की चीख को अजान की आवाज में दबा दी गई थी। आज भी कोरोना महामारी के समय सुन्नी मुसलमानों की एक जमात की पहचान पूरे देश में कोरोना को फैलाने में सामने आ रही है। यदि उन्होंने ऐसा नहीं किया था तो सरकार को साथ देने के बजाय छुप कर घात क्यों कर रहे थे ये लोग? जो न तो उनके हित में अच्छा है ना ही देश के हित में था।

Dr Sudhish Ch. Agrawal

Dr Sudhish Ch. Agrawal injured in stone pelting in Moradabad (U.P), India 3.35 PM, 15th April, 2020. Another doc held hostage, ambulance broken, cops allegedly fled. Team had gone in the area to take a few persons in quarantine after death of two positives corona cases.

झूठ और अफवाह का मॉडल ही क्यों?

अल्ट न्यूज.इन (हिन्दी) के साइट पर कई प्रकार के फेक न्यूज का कच्चा चिट्ठा लगातार छापा जा रहा था। जिसमें पाकिस्तानी वीडियो को भारत का बताकर चलाया जाना, या दूसरी -दूसरी घटनाओं के वीडियो को काल्पनिक घटना बना कर दिखाना, फल-सब्जी बेचने वाले के नाम को लेकर अफवाहें। कहीं मुसलमानों के द्वारा कोरोना वायरस फैलाने की अफवाह, तो कहीं **तब्लीगी जमात** को लेकर, तो कहीं **किसी गैर भाजपाई सरकार** को लेकर मनगढ़ंत खबरों का रोजना सामने आना किस मानसिकता का परिचायक था? उन दिनों जब पूरा विश्व इस महामारी से लड़ रहा था, कोरोना'वायरस ने, न तो किसी का धर्म देख रहा, ना जाति, ना किसी की सरकार, तो ऐसी परिस्थिति में इन भ्रामक खबरों का सूत्रधार कौन था? और किस लिए था, इस भ्रामक ख़बरों में **झूठ और अफवाह का मॉडल** और उनकी अन्य राज्य सरकारों का जिक्र तो कभी नहीं आया। यह इस बात को बताने के लिये काफी था कि यह किस हद तक साम्प्रदायिकता फैलाने का प्रयास ही एन-केन-प्रकारेण Covid के मुख्य मुद्दे से भटकाये रखना था।

भारत में मुसलमानों की दयनीय स्थिति से नकार नहीं जा सकता। कोरोना वायरस के बहाने एक तरफ आये दिन एक समुदाय के विरुद्ध वैमनस्यता फैलाने की साजिश के तहत झूठे, अप्रमाणित व अमानवीय ऑडियो, वीडियो, चित्र में भड़काऊ शब्दों का प्रयोग कर तेजी से अफवाहों के रूप में एक सोची-समझी साजिश के तहत वायरल किया जा रहा था। वहीं दूसरी तरफ सरकारी प्रेसवार्ता में सीधे तौर पर एक जमात का नाम लेकर

उसकी संख्या को इंगित की जा रही थी, कहीं गरीब मुसलमानों को सब्जी ना बेचने देना, तो कहीं उसके द्वारा किये जा रहे सेवा कार्यों में बाधा पहुंचाने का प्रयास, यह सब किसी ना किसी प्रकार से उनके अंदर असुरक्षा की भावना तो पैदा करता ही था। मानो भारत भी अब ठीक पाकिस्तान और बांग्लादेश के मार्ग को अपनाता जा रहा है जैसे आजादी के बाद पाकिस्तान में भी कमोबेश ऐसे ही हालात बना दिये गए थे, जो लोग भारत के आज के इस व्यवहार पर लिख-बोल रहे थे वे ही लोग पिछले 70 सालों से पाकिस्तान के इसी तरह के व्यवहार पर आज तक चुप थे। जो लोग कश्मीरी पंडितों को कश्मीर से निकाले जाने पर चुप थे ये लोग आज मदद की, मानवता की गुहार लगाते देखे गए।

रामप्रसाद जी बताते हैं कि भारत विभाजन के बाद जहाँ भारत में अल्पसंख्यक समुदाय को सुरक्षा प्रदान की गई उसके विपरीत पाकिस्तान और पूर्वी पाकिस्तान जो अब बांग्लादेश के रूप में है इन दोनों जगहों पर अल्पसंख्यकों को समाप्त करने पर काम किया गया, उनका जबरन धर्म परिवर्तन या नाबालिक हिन्दू लड़कियों को उठाकर उनसे जबरन निकाह करना यही पिछले 70 सालों का इतिहास रहा है उनका, भारत की पिछली सभी सरकारें पाकिस्तान में रह रहे हिन्दुओं के प्रति सौतेला व्यवहार करती रही और भारत में अल्पसंख्यकों को सुरक्षा देती रही, जिसका खामियाजा आज भारत का हिन्दू समाज भोग रहा है, ऐसे में गुजरात मॉडल से, हिन्दुओं को लगता है यही एक मात्र रास्ता बचा है जिससे देश को बचाया जा सकता है। यदि हम भारत, पाकिस्तान और बांग्लादेश के संविधान के साथ-साथ, अमेरिका, ब्रिटेन ओर इंडोनेसिया के संविधान को सरसरी निगाहों से देखते हैं तो भारत के राज धर्म की जमीं हिलती नजर आती है।

एक नजर संविधान पर :
भारतीय संविधान Vs. पाकिस्तानी संविधान
आजादी के पश्चात भारत में भारतीय संविधान बनाया, भारत में संविधान लागू हो जाने के पश्चात पाकिस्तान ने भी अपना संविधान बनाया।

पाकिस्तान के संविधान के अनुसार:
1. उर्दू पाकिस्तान की राष्ट्रीय भाषा मान ली गई
2. पाकिस्तान का सरकारी धर्म इस्लाम मान लिया गया।
3. पाकिस्तान नाम इस्लामी गणराज्य पाकिस्तान लिखा गया।
4. संविधान में "**मुसलमान**" की पूर्ण परिभाषा भी बताई गई। इसके अनुसार, मुसलमान वह व्यक्ति है जो अल्लाह को एक माने, और पैग़म्बर मुहम्मद को अल्लाह द्वारा भेजे गए आखिरी देवदूत (नबी) मानता हो। और किसी भी अन्य व्यक्ति की धार्मिक विश्वासों पर विश्वास नहीं रखता हो।

वहीं भारतीय संविधान में भारत को समाजवादी पंथनिरपेक्ष लोकतंत्रात्मक गणराज्य माना गया।

• **अनुच्छेद 15** में धर्म, मूलवंश, जाति, लिंग या जन्म स्थान के कोई भेदभाव नहीं होगा -

• **अनुच्छेद 26** में धार्मिक कार्यों के प्रबंध की स्वतंत्रता - लोक व्यवस्था, सदाचार और स्वास्थ्य के अधीन रहते हुए, प्रत्येक धार्मिक संप्रदाय या उसके किसी अनुभाग को—

1. धार्मिक प्रयोजनों के लिए धार्मिक संस्थाओं की स्थापना और पोषण की स्वतंत्रता
2. अपने धर्म विषयक कार्यों का प्रबंधन करने की स्वतंत्रता
3. जंगम और स्थावर संपत्ति के अर्जन और स्वामित्व की स्वतंत्रता
4. ऐसी संपत्ति को विधि के अनुसार प्रशासनिक करने की स्वतंत्रता।

जबकि हिन्दू धर्म को लेकर या हिन्दी भाषा को लेकर भारत में कई मतभेद उभर कर सामने आए जो आज भी है।

भारत के संविधान से जो बात गौण कर दी गई वह था धर्म के आधार पर देश का विभाजन, जब धर्म के आधार पर विभाजन को भारत ने स्वीकार कर ही लिया था तो भारत के संविधान में सही शब्द लिखे जाने थे जो पाकिस्तान के संविधान में। यदि तब नहीं लिखा जा सका तो अब तो लिखा जा ही सकता है। रामप्रसाद सदा से सभी धर्म को समान भाव से देखते हैं पर बोलते हैं जब बच्चों के जान को खतरा आने लगे तो हम अपने बच्चों की सुरक्षा देखें की दूसरे की फिक्र करें?

बांग्लादेश का संविधानः

जबकि बंगला भाषा में लिखा गया -
(**Hindi-** बांग्लादेश जनवादी गणराज्य के संविधान)
(Bengala : গণপ্রজাতন্ত্রী বাংলাদেশের সংবিধান)
(English: Gaṇaprajātantrī Bangladesher Sambidhāna)

बांग्लादेश के संविधान में : *धर्म इस्लाम है। लेकिन राज्य हिंदू, बौद्ध, ईसाई और अन्य धर्मों के अभ्यास में समान स्थिति और समान अधिकार सुनिश्चित करेगा।* ***बांग्लादेश के संविधान के भाग-3 में मौलिक अधिकार के बारे में लिखा है।***

1. कानून के समक्ष समानता के सिद्धांत को स्थापित करता है।
2. धर्म, नस्ल, जाति, लिंग या जन्म स्थान के आधार पर भेदभाव को रोकता है।
3. सार्वजनिक रोजगार चाहने वाले लोगों के लिए अवसर की समानता होगी।
4. धर्म की स्वतंत्रता। धर्म की स्वतंत्रता बांग्लादेश के संविधान की आधारशिलाओं में से एक है।
लेकिन इसके प्रस्तावना के ऊपर लिखा है।
BISMILLAH-AR-RAHMAN-AR-RAHIM

रामप्रसाद जी मानते हैं कि पिछले 70 सालों से हमसे बहुत कुछ छुपाया गया या बताया ही नहीं गया हो। हमें वहीं पढ़ाया गया जिससे हिन्दू धर्म को ही हम भूला सके। हमें जो संविधान दिया गया उसके मूल आधार में हिन्दू, बौद्ध, जैन और सिक्ख धर्म को पहले से ही काट दिया गया था।। इसमें किसी भी धर्म जिक्र तक नहीं है। वहीं **हिन्दू उत्तराधिकार अधिनियम, १९५६** में हिन्दू, बौद्ध, जैन और सिख धर्म के लोगों को समान दायरे में रखा गया या ऐसे व्यक्ति पर जो धर्म से मुसलमान, ईसाई, पारसी या यहूदी न हो। यहां स्पष्ट विभाजन रेखा बना दी गई है। सभी धर्म का सम्मान करने का अर्थ यह नहीं हो सकता कि हम अपने ही धर्म को भुला बैंठे।

देश के विभिन्न प्रान्तों में धर्म की असमानता का ग्राफ तेजी से बदलने लगा है। तब, कोई इस बात की गारंटी लिख सकता है कि भारत का संविधान आज जैसा है वैसा ही रह पायेगा? हम कितना भी कानून व संविधान की बात कर लें। जब तख्ता पल्ट होता है तो कानून, संविधान किनारे खड़े देखते रह जाते हैं। फिर वही संविधान देश में लागू हो जाता है जो शासक चाहता है। **थाईलैंड** इस बात का गवाह है।

रामप्रसाद जी कहते हैं दोष उन लोगों का नहीं जो आज के संविधान की रक्षा की बात करते हैं। संविधान की रक्षा की बात करनी भी चाहिए। संविधान को बचाये रखने के लिए लड़ना भी चाहिए। उसकी रक्षा के लिए जिससे जो बन पड़े करना चाहिए। लेकिन यह कब तक? सवाल यह भी उठता है। जब ईस्लाम आ जायेगा तब भी आप इसी तरह लड़ पायेंगे? **बांग्लादेश** के संविधान में तो धर्म इस्लाम है। लेकिन राज्य हिंदू, बौद्ध, ईसाई और अन्य धर्मों के अभ्यास में समान स्थिति और समान अधिकार सुनिश्चित करेगा। इसके बावजूद एक लेखिका **तस्लीमा नसरीन** को उसके देश में ही रहने की जगह नहीं है।

हमें इन बातों को उत्तेजना से नहीं गंभीरता से सोचने का समय आ गया है। यह सही समय होगा जब हम भारत के लिए सोच सके। **रामप्रसाद जी** साथ ही कहते हैं कि इसके लिए सभी दलों को सोचना होगा । कारण

कि संविधान अहंकार से नहीं बनता । इसके लिए या तो तख्तापलट की जरूरत होती है या सबकी सहमति की। भारत में तख्ता पलट की कोई संभावना नहीं दिखती है। यहां की सेना तीन भागों में विभाजित है। जनता लोकतांत्रिक तरीके में विश्वास करती है। भले ही कोई लोकसभा में दो तिहाई बहुमत क्यों ना ले आये। संवैधानिक रास्ते में ही उसका मार्ग तलाशना होगा।

आप से भारतीय संविधान की मूल संरचना को नहीं बदला जा सकता। **केशवा नन्द भारती बनाम केरल राज्य** के फैसले में स्पष्ट कहा जा चूका है कि संविधान की मूलभूत भावना/संरचना के साथ छेड़छाड़ नहीं किया जा सकता है। भारत की एकता और अखंडता को सुनिश्चित करने के लिए और इस्लाम धर्म के खतरे से देश की रक्षा के लिये कोई ऐसा रास्ता हमें खोजना चाहिए जो देश के शेष धर्मावलंबी को स्वीकार हो, साथ ही मुसलमानों को भी बांग्लादेश के हिन्दुओं की तरह सुरक्षा का प्रवाधान हो सके।

ऐसे में यह भी सवाल यह उठता है कि संविधान की मूलभूत भावना कौन-कौन सी होगी? या किसे कहा जाएगा?

आप अन्य कई देशों के संविधान के प्रस्तावना को भी एक नजर से देखें तो हम पाते हैं कि भारत के प्रस्तावना में और उनके अनुच्छेदों में कभी भिन्नता है जो अन्य देश के संविधान में देखने नहीं मिलता।

इंडोनेशिया में धर्म: "एक और एकमात्र भगवान में विश्वास"

इंडोनेशिया में धर्म को लेकर सरकार के रुख स्पष्ट है इस देश में केवल छह आधिकारिक धर्मों - इस्लाम, प्रोटेस्टेंटवाद, कैथोलिक धर्म, हिंदू धर्म, बौद्ध धर्म और कन्फ्यूशीवाद को मान्यता सरकारी मान्यता दी गई है।

अनुच्छेद -28इ: के अनुसार इंडोनेशिया के प्रत्येक नागरिक अपनी पसंद के धर्म को चुनने और उसका पालन करने, चुनने के लिए स्वतंत्र हैं। वहीं

अनुच्छेद -29 में कहा गया है कि

(1) राज्य एक और केवल ईश्वर में विश्वास पर आधारित होगा। **"एक और एकमात्र भगवान में विश्वास"**
(2) राज्य सभी व्यक्तियों को पूजा की स्वतंत्रता की गारंटी देता है, प्रत्येक अपने अनुसार धर्म या विश्वास की स्वतंत्र है।

अमेरिका के संविधान में लिखे प्रस्तावना:

"**We the People** of the United States, in Order to form a more perfect Union, establish Justice, insure domestic Tranquility, provide for the common defense, promote the general Welfare, and secure the Blessings of Liberty to ourselves and our Posterity, do ordain and establish this Constitution for the United States of America."

"हम संयुक्त राज्य अमेरिका के लोग, एक अधिक परिपूर्ण संघ बनाने के लिए, न्याय की स्थापना करने के लिए, घरेलू शांति सुनिश्चित करने के लिए, आम रक्षा प्रदान करने के लिए, सामान्य कल्याण को बढ़ावा देने के लिए, और **अपने और अपनी आने वाली पीढ़ी के लिए स्वतंत्रता के आशीर्वाद को सुरक्षित करने के लिए,** आदेश देते हैं और संयुक्त राज्य अमेरिका के लिए इस संविधान की स्थापना करें।"

ब्रिटेन का संविधान

जबकि ब्रिटेन जो भारत पर ना सिर्फ राज्य किया, भारत के सभी कानूनी प्रक्रिया, आईपीसी व अन्य दर्जनों क़ानून आज भी ब्रिटिश मानसिकता के दायरे में फंसा हुआ है, अंग्रेजी की दासता आज भी भारत के उच्च व उच्चतम अदालतों की दहलीज पर पहरेदारी करता देखा जा सकता है। विश्व के विभिन्न प्रगतिशील देशों के संविधान जहां लिखित है, वहीं ब्रिटिश का संविधान अलिखित है। यही नहीं वहां सरकारी काम काज के नियम आदि का भी अधिकांश भाग अलिखित है।

इन सबके बावजूद भारत आज तक यह नहीं लिख पाया कि भारत में शिक्षा, कानूनी बहस, व इसकी शिक्षा भारतीय भाषाओं में होगी। गरीब आदमी बड़ी अदालतों की तरफ मूंह ताक कर ऐसे देखते हैं मानो कोई अजूबा हो। अजायबघर का डायनासोर हो भारत की कानून की प्रक्रिया। हम जिन सिद्धांतों की बात करते हैं, उससे से तो बेहतर है छोटे-छोटे देश। बांग्लादेश जो कल आजाद हुआ, वहाँ धर्म और भाषा के नाम पर कोई मतभेद नहीं है। जबकि भारत को आजाद हुए 75 साल हो गए आज भी हम, धर्म और भाषा को लेकर बहस ही कर रहे हैं। इसका अर्थ यह भी लगाया जा सकता है कि हममें आज भी काफी मतभेद है इन दोंनो बातों को लेकर, जो मतभेद 70 साल पहले थे। उसमें कमी नहीं हुई, बल्की मतभेद बढ़ा ही है।

यदि हम पाकिस्तान, बांग्लादेश और भारत के संविधान को सरसरी-नजर से देखतें तो हम पाते हैं कि पाकिस्तान का राष्ट्रीय धर्म इस्लाम, भाषा उर्दू और बांग्लादेश का धर्म भी इस्लामीक धर्म निपेक्षता और भाषा बंग्ला है। जबकि भारत में इन बातों पर कोई स्पष्टता नहीं है। आज देश में जो मतभेद कहे या जगह-जगह इसको लेकर छद्म लड़ाई चल रही है इसका अर्थ ही यही है कि भारत के लोग भी चाहते हैं कि भारत के संविधान को इन दो बातों से जोड़ा जाए।----

12. श्राद्ध पक्ष में कौवे को भोजन

गणिमत है की भारत का संविधान बीच-बीच में इनके आड़े हाथों बीच में रोड़ा अटकाये देता है नहीं तो अब तक सच लिखने व बोलने के जुर्म में कई पत्रकारों को फाँसी के फंदे पर लटका दिया गया होता ।

आपने अबतक पढ़ा होगा....

यदि हम पाकिस्तान, बांग्लादेश और भारत के संविधान को सरसरी-नजर से देखतें तो हम पाते हैं कि पाकिस्तान का राष्ट्रीय धर्म इस्लाम, भाषा उर्दू और बांग्लादेश का धर्म भी इस्लामीक धर्म निपेक्षता और भाषा बंग्ला है। जबकि भारत में इन बातों पर कोई स्पष्टता नहीं है। आज देश में जो मतभेद कहे या जगह- जगह इसको लेकर छद्म लड़ाई चल रही है इसका अर्थ ही यही है कि भारत के लोग भी चाहते हैं कि भारत के संविधान को इन दो बातों से जोड़ा जाए। **आगे पढ़ें.... मेरा गाँव -12**

भाग-12

उपरोक्त सभी संविधान में एक खास बात है धर्म, भाषा और नागरिकों का अधिकार।

पाकिस्तान ने अपने संविधान में साफ-साफ चार बातें लिखी
1. भाषा उर्दू होगी
2. धर्म इस्लाम होगा
3. राष्ट्रपति और प्रधानमंत्री जैसे पदों पर सिर्फ मुस्लिम होगा
4. मुस्लिम कौन है इसकी परिभाषा दी गई है।

पाकिस्तान के इस संविधान से यह तो साफ था कि इसमें अल्पसंख्यकों के लिए कोई जगह नहीं है, ना ही पंजाबियों के लिये, ना ही बलुची के लिये

और ना ही बंगाली मुसलमानों के लिए थी, और न ही कश्मीरियों के लिये है। बंगाली मुसलमानों ने जयबांग्ला आंदोलन **शेख मुजीबुर्रहमान** के नेतृत्व में लड़ी, तब **स्व. इंदिरा गांधी**, तत्कालीन भारत की प्रधानमंत्री के सहयोग से बांग्लादेश को आजादी मिली। बांग्लादेश की आजादी के बाद बने बांग्लादेश के संविधान में भी इस्लाम को महत्व दिया गया, बांग्लादेश का धर्म इस्लाम माना गया, साथ ही अल्पसंख्यक समुदाय को समान अधिकार दिए गए। पाकिस्तान और बांग्लादेश के संविधान में अंतर साफ था, एक खुद को इस्लामी देश माना जबकि बांग्लादेश ने यह कहने से बचा रहा लेकिन उसने संविधान के किताब में प्रथम शब्द **"BISMILLAH-AR-RAHMAN-AR-RAHIM"** लिख कर और देश के धर्म को स्पष्ट कर अप्रत्यक्ष रूप से इस्लाम धर्म को स्वीकृति प्रदान कर दी।

जबकि इंडोनेशिया, अमेरिका और ब्रिटेन के संविधान में मानवीय मूल्यों को प्राथमिकता दी गई है। जबकि भारत के संविधान में किसी भी धर्म का कोई जिक्र नहीं किया गया है। प्रस्तावना में **'पंथनिरपेक्ष'** शब्द को उल्लेख साफ बताता है कि भारत सभी धर्मों को समान भाव से आदर करता है। इसमें अल्पसंख्यक शब्द कहां से जोड़ा गया यह सोचने की बात है।

तब देश में स्व. अटल बिहारी वाजपेई के नेतृत्व में भारतीय जनता पार्टी की सरकार चल रही थी। इसमें कोई दो मत नहीं देश के अन्य हिस्सों में वाजपेई जी ने काफी सावधानी से दंगों को नियंत्रण किया और अन्य जगह गुजरात जैसे दंगे होने से रोक दिया था, परन्तु गुजरात को लेकर वे काफी नाराज भी थे। अटलजी को एक प्रेस वार्ता में पत्रकारों के सवालों के जवाब में कहना पड़ा था कि **'राजधर्म'** के पालन करने की नसीहत दे डाली। अटल जी ने तब कहा था – ***"मुख्यमंत्री के लिए मेरा सिर्फ एक ही संदेश है कि वे राजधर्म का पालन करें"*** तब भी उनके सामने ही -

मोदी जी ने उखड़ते हुए प्रतिउत्तर में कहा था **"मैं भी तो यही कर रहा हूँ।"**

हमें यह समझना होगा कि इस मानसिकता का कारण क्या है? किसी व्यक्ति को दोष दे देना बहुत आसान है। मेरे इस लेख में मैं भी कई जगह किसी के विचारों से सहमत नहीं रहा हूँ, उनकी कार्यप्रणाली पर सवाल उठा रहा हूँ, पर सवाल उठता है कि.. **इंदिरा गांधी** की हत्या क्या थी? तब देश भर में सिखों का कत्लेआम किसने किया था? तब कौन से मुसलमान थे? भारत-पाक के विभाजन के समय क्या हुआ था, तब पाकिस्तानों से आने वाली ट्रेनों के डब्बों में लाशों के ढ़ेर किस मानसिकता का परिचायक था? **गोधरा साबरमती ट्रेन** की घटना को नजरअंदाज कर दंगों की घटना को चर्चा करने वाले वे मीडिया वाले कौन थे, उनको कौन नियंत्रित कर रहा था? आज के प्रश्नों के ढेर पर इन प्रश्नों को जवाब भी निर्भर करता है।

खालिस्तान Vs कश्मीर :

पंजाब का एक हिस्सा पाकिस्तान में भी है। खालिस्तान के लोग भारत के पंजाब की बात तो करते हैं वहीं पाकिस्तान के पंजाब की बात पर मौन धारण है। जबकि पंजाब का 54 प्रतिशत हिस्सा पाकिस्तान के कब्जे में। भारतीय संविधान में सभी धर्म को समान महत्व दिया गया है। जबकि पाकिस्तान में इस्लाम को ही सर्वोच्च धर्म की मान्यता दी गई। वहीं भारत के संविधान ने पंजाबी भाषा को संविधान की आठवीं सूची में दर्ज तो किया है, तो पाकिस्तान में पंजाबी भाषा की भी कोई पहचान नहीं है। ठीक वैसे ही मुसलमान लोग, कश्मीर की आजादी की बात करते हैं परन्तु आजाद कश्मीर की बात नहीं करते।

दृश्य बदलता है- व्यंग्यकार

व्यंग्य : अकबर बादशाह का दरबार:-

आज सुबह-सुबह रामप्रसाद जी के घर कुछ पुराने मित्र चले आये। सीमा ने सबको पानी और एक प्लेट में पतासा लाकर दी। चाय के लिए पूछी,

तो सीतारान तो फट से बोल पड़ा- ***''अरे भाभी जी! रामप्रसाद की चाय पिये बिना हमें कौन सी मुक्ति मिलने वाली है।''*** सीमा हंसते हुए चाय बनाने चली गई। हम सब एक-दूसरे को हाल-समाचार जानने और एक दूसरे की बात की खाल उतारने में मशगूल हो गए।

एक मित्र को हर बात में अपना ही खंभा गाड़ने की आदत थी। कोई भी बात को काटना और अपनी बातों को ही ऊपर रखना उसकी आदत थी।अचानक से मेरी तरफ देखते ही कुछ छल्लाते हुए बोल पड़ा।

रामप्रसाद जी ऐसी बात नहीं है-

हम सब उसके तरफ देखने लगे कि अब मुंगेरीलाल क्या सुनाता है।

हम सभी मित्र उसको मजाक में मुंगेरीलाल ही बुलाते हैं, वैसे उनका अच्छा नाम मोहनलाल है।

बोलने लगा सब भांड़ में जाए, क्या खाख ठीक है?

लोकतंत्र का चौथा खंभा, घंटा का खंभा।

क्यों क्या हो गया इस चौथे खंभे को? मैंने पूछ ही लिया। मुंगेरीलाल ने बताया कि- बार-बार यह खंभा किसी न किसी की गोद में जाकर बैठ जाता है। आज इसे उखाड़ कर ही दम लूंगा। **मैंने भी और थोड़ी आग सुलगा दी-** तेरे एक के उखाड़ने से क्या होगा

मोहनजी! यहाँ तो कई लोगों ने अलग-अलग अपना-अपना खंभा गांड़ रख है कितने का खंभा उखाड़ पायेगें? जिसको देखो वही दरबारी बना हुआ है, मानो **अकबर बादशाह** की सत्ता चल रही हो। जितने भी मीडिया वाले हैं सब के सब चारण की भूमिका में दरबारी राग अलापने में लगे हैं।

(राजस्थान में चारण नाम की एक जाति होती है जो राज दरबार में राजाओं के स्तुति में गीत बना कर गाया करते थे। आलकल यह समाज काफी पढ़ लिख लिया है और अच्छे पदों पर कार्य करता है।)

मुंगेरीलाल फिर उखड़ते हुए - देखो आपलोग फ़िजूल का मेरा दिमाग मत खराब करो, कल रात से मैं वैसे ही परेशान हूँ।

वह कहां चुप होने वाला था। सीतारामजी ने उसे टोका तो बस उसके ऊपर ही पील पड़े-

"दिमाग तो तेरा खराब पहले से ही था, अब और खराब हो गया" कभी **संविधान** भी पढ़े हो? कि अपने मियां मिठ्ठू बने फिरते हो।

मैंने कल ही संविधान की एक किताब खरीद के लाई है **200 रुपये में।**

मुंगेरीलाल ने ₹200 रुपये के ऊपर विशेष जोड़ दिया।

मुंगेरी लाल के तरकश से व्यंग्य बाण पर बाण निकल रहे थे।

अब भारत का संविधान है कोई पांचवी कक्षा की किताब नहीं जो स्कूल में मुफ्त में मिलेगी सबको?

वैसे भला हो **जयदयाल गोयनका जी और हनुमान प्रसाद पोद्दार** जी का जिन लोगों ने **गीता प्रेस** खोल कर हिन्दू धर्म को घर-घर पहुंचा दिया, अन्यथा भारत के संविधान की तरह ही दुकान में **हरे रामा** की दुकान सज जाती, जगह-जगह।

उन्होंने एक तीखा **व्यंग्य** किया।

अभी उनके व्यंग्य बाण खत्म नहीं हुए थे।

हम भी भाभी जी की चाय पीने में पतले हुए जा रहे थे।

आगे उसने फिर बोलना शुरू किया –

मजे की बात जानते हो?

सबने एक साथ पूछा क्या?

जिस एक संगठन की बात हम करते हैं सब जानते हैं वह हिन्दू धर्म की सुरक्षा की बात करती है। फिर एक छण रूक जाता है मुंगेरीलाल।

सबको लगता है कि आज यह कोई बम फोड़ ही कर ही रहेगा।

सब यह तो जानते थे कि इसका खंबा इतना मजबूत होता है कि हम लागों के बस की बात नहीं इसको उखाड़ना।

यही संगठन सिर्फ खुद के साहित्य की बात करती है। इससे जुड़ी जो भी संस्थाएं हैं वे भी हिन्दू धर्म का प्रचार नहीं करती। वह अपना प्रचार जरूर करती है। उन संस्थाओं का नाम लिए बिना ही फिर पूछा बताओ?

ईसाई लोग कैसे प्रचार करते हैं। आपने देखा है इनको?

इनके एजेंडे में आजादी के पहले से ही हिन्दू को बचाने के अलावा कोई दूसरा शब्द सुना है किसी ने? **बताओ कोई?**

फिर आगे बोलने लगे-

पहले ये अंग्रेजों के साथ मिलकर हिन्दुओं की रक्षा करते थे।

अब ..... फिर अचानक से एक रहस्यमय चुप्पी।

रामप्रसाद ने उसको चुप कराते हुए बोला- क्या अलाय-बलाय बोल रहे हो?

कुछ ज्ञान नहीं तो चुप ही रहा करो।

अब मुंगेरीलाल आपे से बाहर होकर लंगोट पहन लिया था।

अलाय-बलाय मैं नहीं तुम बोल रहे हो!

शर्म नहीं आती भारत का तिरंगा झंडा बेचते सरकार को? वह भी राशन की दुकान पर।

(आजादी के अमृत महोत्सव के अवसर पर सरकार ने 13 से 15 अगस्त 2022 को "हर घर तिरंगा" का नारा दिया था।)

सब दंग थे और चुप।

किसी के मुंह में शब्द नहीं थे।

जब तक चाय आ गई थी।

अभी संविधान की कहानी तो शुरू ही नहीं हुई थी उसकी भूमिका बनाने में ही मुंगेरीलाल ने कितनी कहानी गढ़ दी।

चाय का की चुस्की लेते हुए कहा कि तुम्हारी बात छोड़ो, मैंने सबको एक-एक कर के पहचान लिया है। 15 दिन कोविड में, मैं बीमार क्या पड़ा था, सबने अपने रिश्ते-नाते ही भूला दिये थे। खाना देने कोई नहीं आया घर पर, सरकार ने बाहर पहरेदारी तो लगा दी, पर दवा-पानी कौन देगा यह नहीं बताया।

तभी जले पर नमक डालते हुए सीताराम ने कह दिया- यार फोन तो कर लेते, ऐसे किसी को क्या पता कि तुम भूखे हो। मेरा घर तो तो तेरे पास ही था किसी से भिजवा देता।

जैसे गरम तवे पर किसी ने पानी छिड़क दिया हो। वह आंखें लाल-पीली करते हुए, एक कप चाय तो कभी घर बुलाकर पीलाई नहीं, खाना भिजवा देते। रहने दो मेरे जख्म को और मत उधेड़ो।

रामप्रसाद ने बात को बदलते हुए कहा अरे तुम संविधान खरीदकर लाये, तब, उसके बाद क्या हुआ?

बताने लगा सारी रात प्रेस, मीडिया शब्द को संविधान में खोजता रहा। सारे अनुच्छेदों को बारी-बारी से पढ़ने लगा। उसमें सब कुछ लिखा था, पर प्रेस की आजादी, उसकी स्वतंत्रता या मीडिया के बारे में कुछ नहीं लिखा था।

सीताराम तो ठहरे गंवार के गंवार वापस से उसे छेड़ दिये। मीडिया कहाँ से आता संविधान में भाई? तब तो इलेक्ट्रॉनिक मीडिया के नाम पर बस एक आकाशवाणी ही थी या फिर **बीबीसी और श्रीलंका रेडियो।**

फिर आपा से बाहर हो गया मुंगेरीलाल।

फिर देश का चौथा खंभा कैसे बोलते हो खुद को?

सरकार की दलाली करने से खंभा हो जाते हो तो अच्छी बात है। वैसे भी अधिकांश मीडिया वाले पत्रकारिता कम, दलाली जाता करते हैं। चाय की का स्वाद अभी जीभ पर ठंडी हुई ही नहीं थी, कि तुम लोगों की आदत हो गई है मेरे से गाली सुनने की। अब क्या खाना भी यहीं खाने का इरादा है क्या सबका?

सीमा हंसते हुए बोलने लगी। आप लोग आराम से बातें करे मैं सबके लिए खाना चढ़ा देती हूँ।

रामप्रसाद जी जानते थे कि अब यह नुक्कड़ समाप्त करने में ही अब भला है।

सो पूछने लगे आजकल नया क्या लिख रहे हो?

बात के बदलते ही सब उठ खड़े हुए और हाथ जोड़ के विदा लेने लगे।

अमृत महोत्सवः

पिछले ही सप्ताह मुंगेरीलाल से मैंने कहा था कि भाई कुछ भी बोलो, सरकार की काई बात मत किया करो। अभी समय अच्छा नहीं है।

बेवजह तुम परेशानी में पड़ जाआगे। ऐसे ही कौन सा हमें सरकार खाना देती है?

मुझ से उल्टा ही सवाल करने लगा था, तो तुम सरकार से डरते हो या पीबीआई हो गए हो?

(पीबीआई-भारत सरकार का प्रेस सूचना केन्द्र)

नहीं-नहीं ऐसी कोई बात नहीं यार। मैं भी तेरे जैसा ही था, पर इन दिनों जब से बीबी-बच्चों का डर सताने लगा है तब से कमजोर हो गया हूँ । हमें क्या पड़ी, कौन से हमें तगमा मिल जायेगा इन खबरों को छापकर। मिलेगी तो वही दो टके की नौकरी, सूख रेाटी। सच लिखो या उनका झूठ भर दो।

मुंगेरीलाल ने तब फिर एक व्यंग्य मारते हुए कहा था,

चलो आपके जीरो बैलेंस के नये खोते में शायद 15 लाख रुपये जमा हो गए होंगे?

फिर हल्की सी मुस्कान छोड़ते हुए ।

चल आज से यह वादा रहा कि सरकार को और उनके मंत्रियों को कुछ नहीं कहूँगा।

भले कोई गाड़ी से मरे या देश की बेटी की छाती को कोई नापे।

मेरा भी खून पतला कर लेता हूँ। ना कुछ देखूंगा, ना लिखूंगा।

जब देश की अदालतें ही लाचार है तो मैं न्याय कैसे दिला सकता हूँ। हम तो बस सूचना ही बनाते हैं। जिस सूचना से देश की जनता को कुछ फर्क ही नहीं पड़ता, तो हम उनके लिए क्यों मरे? यह बात तो सही है।

पर एक सवाल था? उसने मेरी तरफ देखते हुए कहा-

मैंने भी उसकी बातों से सहमति जताते हुए कहा - "पूछो"

उसने पूछा- "आजादी देखी हो?"

कुछ देर मैं चुप ही रहा। मुझे पता था कि इसकी बातों में हमेशा कोई रहस्य छिपा होता है। उसे भी पता है मेरी उम्र अभी 45 साल की हुई है और देश में आजादी का अमृत महोत्सव चल रहा है। भारत की छोड़ मैंने तो बांग्लादेश की आजादी नहीं देखी है।

मैंने 'ना' में सर हिलाया ।

मुंगेरीलाल ने जवाब दिया - "उसने देखी है।"

मैं फिर सोच में पड़ गया ।

आश्चर्य भाव से उसकी तरफ देखते हुए- "कैसे?"

बोलने लगा जब से कलम संभाली थी, पत्रकारिता के लाइन में आया, आजादी ही आजादी देखी थी।

कभी किसी ने नहीं टोका, बोला, जिस किसी की भी सूचना छाप दी वह सामने नहीं आता था।

सरकार अपने काम को करने में सतर्कता रखती थी। चूक तो सभी से होती थी, पर उनको पत्रकारों का डर बना रहता था। अब? जब हम आजादी का **अमृत महोत्सव** मना रहे हैं।

रामप्रसाद जी मुझे तो लगता है बेटियों की छाती नापने वाले को राष्ट्रपति बना देना चाहिये।

पत्रकारों के लिखने ना लिखने से क्या हागा।

कहते हैं श्राद्ध पक्ष में में गाय को गौ-ग्रास, कीट-पतंगों को अनाज, कौओं को भी भोजन करना धर्म है। इसी पर

हिंदी साहित्य के महान कवि बिहारी लाल जी कहते हैं-

दिन दस आदर पायके, करले आप बखान।

ज्यों लगि काक सराधपख, त्यों लगि तव सन्मान।।

रामप्रसाद जी कुछ नहीं समझे, मुंगेरी लाल की बात उनके सर से ऊपर से चली गई। पूछने लगे तुम कहना क्या चाहते हो? तो बोले कि -

आज तो इतना ही समझो की अभी श्राद्ध काल चल रहा है।

पितरों को याद करते रहे। उनकी आत्मा की मुक्ति के लिए श्राद्ध, कर्मकांड करते रहे।"

मेरा क्या है, मैं चुप रह लूंगा पर ये कौवे? वे तो कांव-कांव करेगा ही, जब तक इनको खाना मिलेगा चुप, फिर कांव-कांव, आजकल तो कौवे भी बहुत चालाक हो गए। अपने साथ, अपने सभी साथियों को भी बुला लेते हैं।

यह सत्ता काल चल रहा है इस काल में जो-जो लोग सत्ता पर रहते हैं उनके घमंड का कारण स्वाभाविक भी है। ऐसे समय में इनको गौ-ग्रास देख इनकी आत्मा को शांत कर देना ही पुण्य होता है।

रामप्रसाद जी को यह तो पता था कि मुंगेरी लाल एक मंजे हुआ **व्यंग्यकार** है, पर आज इसके लपेटे में वे भी आ जायेगें नहीं सोचा था। खैर रामप्रसाद जी अपने काम में लग गए। प्रेस व्यापार से जूड़ी सभी सूचनाओं को देखने लगे।

रामप्रसाद जी सोचने लगे व्यापार पेज में भी कितने तरह के व्यापार होते हैं।

1. ***शेयर बाजार व उनकी कम्पनी रिपोर्ट***
2. ***एजुकेशन बाजार***
3. ***जौहरी बाजार***
4. ***मंडी बाजार***
5. ***लॉटरी बाजार***
6. ***शराब बाजार***
7. ***तम्बाकू बाजार, सिगरेट, पान मसाला, जर्दा***
8. ***समाज सेवा बाजार***
9. ***कपड़ा बाजार***
10. ***दवा बाजार***

इन सबके अलावा भी कई बाजार जिसमें रंग, बर्तन, सौन्दर्य-प्रसाधन सामग्री, पूजन सामग्री आदि।

इन सबका बहुत बड़ा मार्केट है। जिसमें समाज सेवा का बाजार को छोड़ दे तो सब में हौड़ मची है। जबकि इलेक्ट्रॉनिक मीडिया में विज्ञापन पाने का तरीका प्रिंट मीडिया से भिन्न होता है। लेकिन आज कल इलेक्ट्रॉनिक मीडिया वालों ने इसका भी रास्ता खोज लिया है।

अखबारों में वर्गीकृत विज्ञापनों, निविदा, नौकरी, उठावना, मृत्यु समाचार, कानूनी सूचना जैसे विज्ञापनों के विकल्प आजतक इलेक्ट्रॉनिक मीडिया में उपलब्ध नहीं है।

जब से रामप्रसाद जी ने इस विभाग को देखना शुरू किया है, तब से कुछ न कुछ नया सीखने को मिल ही रहा है। रामप्रसाद जी सोचते हैं कि कितने सालों से प्रेस में काम कर रहा हूँ, पर इसके भीतर आज तक नहीं झांक पाया था। मानो कोई खजाना छुपा हो इस फील्ड में। रोजाना कुछ न कुछ नया सीखने, देखने व समझने का अवसर है समाचार पत्र।

"सबका सोना 22 कैरेट का"

हमारे गांव में एक सोने के व्यापारी के यहाँ रेड हो गई। उसके सारे गहने की जांच होने लगी। गहने की जँचाई में यह बात साफ हो गई कि व्यापारी ने जितने भी माल बेचे थे वह 22 कैरेट की जगह 18 कैरेट थे। साथ ही ग्राहकों को इस बात की गारंटी दी गई थी कि माल बदलने पर उसे 22 कैरेट के भाव वापस बाजार दाम मिलेगा।

व्यापारी यह बात अच्छी तरह से जानता था कि 100 में 80 गृहिणी लौटकर वापस नहीं आती, कुछ आती भी है तो उसके पास खरीद के समय का बिल नहीं रहता। किसी के पास बिल है तो उनमें से अधिकांश महिलाएं जेवरात बदलने ही नहीं आती है।

जेवरात बदलने में उसे चौतरफा लाभ होता है। क्यों कि झलाई और टांका बाद चला जाता है, बनाई अलग से। फिर वह पुनः नाप-तौल में ग्राहक का सीधे 25% प्रतिशत की क्षति उठानी पड़ती है।

व्यापारी यह बात समझ चुका था कि उसके इस गौरखधंधे को कोई पकड़ नहीं सकता।

समाचार पत्र का कारोबार भी कुछ इसी प्रकार है। इसमें देने के नाम पर रद्दी ही पाठकों के पास बचता है। अखबार प्रेस से निकल कर जैसे ही पाठकों के घर पहुंचता है वह रद्दी में परिवर्तन हो जाता है। उसका मूल्य किलो में बदल जाता है।

वैसे ही विज्ञापनों का मुल्य पाठकों की संख्या पर लगाया जाता है। उससे खरीददारी का कोई लेना-देना नहीं होता। इस एक नजर पाठकों की उनके विज्ञापन पर पड़ जाए इतना ही काफी होता है। आज कल कई एप्स फ्री में आपको कई प्रकार की सुविधा उपलब्ध कराते हैं, जब आप बार-बार उस पेज पर काम करते हैं तो उस पर आने वाले विज्ञापनों से उस एप्स प्रोवाइडर को दो प्रकार से लाभ होता है, एक देखने से, दूसरा उसे क्लिक करने से।

शाम को सीताराम जी से मुलाकात हो गई बोलने लगे भाई सुबह तो मुंगेरीलाल ने संविधान की किताब को लेकर अभी तक मेरे जेहन में बात घूम रही है। भाई सुना है आजकल **एनसीईआरटी** कई पुराने चप्टरों को बदल कर नये चेप्टर डालने में लगी है सरकार। जैसे कि बुलबुल के ऊपर बैठकर देश सेवा करना। अब जब इतिहास पढ़ाया जाएगा तो शहीदों के इतिहास को अंग्रेजों के इतिहास को बिना ही जलीयांवाला बाग की कहानी पढ़ाई जाएगी। जनरल डायर की जगह सिर्फ यही बताया जाएगा कि अचानक से गोलियां चली जिसमें सैकड़ों लोग मारे गए। क्यों, कैसे वाला हिस्सा काट दिया जाएगा। सरकार को चाहिए कि संविधान का कम से कम एक भाग तो जरूर **एनसीईआरटी** की किताबों में पढ़ाया जाए। नहीं

तो यही पढ़ाया जाए कि इसको लिखने में बाबा, साधुओं का काई योगदान नहीं। ताकी देश में रोजाना किसी बाबा साहेब का नाम लेकर छाती पर मूंग दली जा रही है वह तो कम हो सके।

मेरी तो आज सीताराम जी बहस हो गई। बाद में मुझे बहुत पश्चतावा भी हुआ। भाई देश के संविधान को पढ़ने के लिए यदि किसी को ₹200/- रुपये देने पड़े भी गए तो यह क्या बात हो गई? देश के लिए ₹200/- खर्च करने में इतनी तकलीफ क्यों? लोग देश के लिए ₹400/- का सिलेंडर ₹1200/- में ले रहे तो उफ तक नहीं कर रहे। इनको ₹200/- की चिंता ही सताये जा रही है।

सीताराम जी से बहस इस बात को लेकर भी हो गई कि उनका कहना था कि देश में हिन्दू धर्म की रक्षा और हिन्दुओं की सुरक्षा यह दोनों अलग-अलग विषय है। हिन्दू धर्म को बचाने में **रामायण-महाभारत** का, वाल्मीकि और तुलसीदास के बाद किसी ने काम किया है तो **'गीता प्रेस'** ने। बाकी जितने भी साधु-संत आये वे सब के सब प्रचार का काम किये तो साथ ही अपनी जीविका का भरण-पोषण भी करते रहे।

जबकि ये तथाकथित संगठन आजादी के पूर्व से आज तक हिन्दुओं को बचाने, उनकी सुरक्षा के लिए काम करते रहे हैं। इनको हिन्दू धर्म से कोई रूचि नहीं। इन सबका एक ही एजेंडा है किसी भी प्रकार अपना खजाना भरता रहे। बस इस बात को लेकर मेरी उनसे लड़ाई हो गई। मैं नहीं मानता कि ये दोनों दो अलग-अलग विषय है। हिन्दू धर्म की रक्षा और हिंदुओं की सुरक्षा को मैं एक ही मानता हूँ। पहले इनकी सूची में ईसाई समुदायों से हिदुओं के धर्म परिवर्तन को रोकना था, फिर ये संगठन ने कई अलग-अलग तरह के नये संगठन बना दिए। इन सबका का काम राजनीतिक रूप से देश की सत्ता को प्राप्त करना और अलग-अलग वर्ग के लोगों को अपने से जोड़े रखना जैसे, हिन्दू भावना से प्रेरित युवाओं को जो दूसरे प्रभाव में न आते हो उनके लिये अलग संगठन तो, महिलाओं के लिए, बुजुर्ग वर्ग के लिए, ऐसा कर वह समान विचारधाराओं को अपने

राजनीति स्वार्थ को पूरा करने के लिए घर-घर में घुसपेठ बना ली, जो आज लहलाहाने लगी है।

विभिन्न राज्यों में सत्ता मिल जाने के बाद इनका नया एजेंडा सामने आने लगा, अब हिन्दुओं को मुसलमानों से खतरा होने लगा है। यह बात सही भी है, यदि मुसलमानों को रोका नहीं गया तो आने वाले दिनों में भारत का संविधान भी नहीं बचेगा। जिस प्रकार बिहार के किशनगंज, बरसोई, अररिया, कटिहार, पूर्णिया जिला मुस्लिम बाहुल्य बन चूका है वैसे ही असम, बंगाल, केरल, महाराष्ट्र, राजस्थान, उत्तर प्रदेश जैसे कई राज्यों में कई इलाके मुस्लिम बाहुल्य बन चुके हैं, इसका सीधा असर भारत की धर्मनिरपेक्षता पर पड़ा है। अब सवाल सिर्फ हिन्दुओं के खतरे व उनकी सुरक्षा से जुडा नहीं रहा, सवाल देश के धर्मनिरपेक्षता से भी जुड़ चूका है।

2002 के गुजरात हादसे के बाद 2013 में उत्तर प्रदेश के मुजफ्फरपुर नगर कवाल गाँव की घटना यह बताने के लिए काफी है कि वोट बैंक की राजनीति ने भारत का कितना नुकसान कर दिया है। चाहे वह मुस्लिम वोट बैंक की हो या हिन्दू वोट बैंक की।

तथाकथित सेकुलर वादी नेताओं ने वोट बैंक के चक्कर में जहर के बीज इस कदर रोपे की उसमें से सौंप ही सौंप निकलने लगे । मात्र चंद दिनों में यह फसल **मुज़फ़्फ़रनगर** के आस-पास के गांवों में बलखाने लगी । गन्ने के खेत में वोट की खेती इतनी लहलहाने लगी कि 2014 के लोकसभा चुनाव परिणाम हमारे सामने थे, जिसका टेस्ट गुजरात की धरती पर किया जा चुका था। वहीं सेकुलरवादी दलों ने हिन्दुओं को जाती में बाँटना शुरू किया और मुसलमानों को हिन्दुओं का डर दिखा कर धर्म के आधार पर एकत्रित कर पिछले 65 सालों में देश का कबाड़ा कर दिया, इस कमजोरी का फायदा उठा कर मुसलमानो ने भारत की जमीं पर भी पाकिस्तान में अपनाये फॉर्मूले को उपयोग में लाना शुरू कर दिया था। परिणाम स्वरूप हिन्दुओं ने भी धर्म आधारित वोट देने शुरू कर दिए।

आज हो क्या रहा है जो राजनीतिक दल आजादी की लड़ाई में कुर्बानी दी उनके बैंक खाते खांगले जा रहे हैं, मानो अंग्रेजों ने लूट का सारा धन इनको ही दे रखा हो, और जो लोग आजादी की लड़ाई में अंग्रेजों की गुलामी की उनके बैंक खाते भरे जा रहे हैं। धर्म की राजनीति कर के सत्ता में आने वाले लोग सारा धर्म भुला कर मित्र धर्म निभाने में लग गए।

कहानी सुनाऊँ?

श्राद्ध पक्ष में कौवे को भोजन:

आपने एक मुहावरा पढ़ा होगा - "हाथी के दांत खाने के और दिखाने के और" इसका मतलब मुझे अभी तक नहीं समझ में आया, आज मेरे एक मित्र ने समझाया तो इसका अर्थ समझ में आया। अर्थ समझते ही खुद का ही सिर खुजलाने लगा तो पता चला कि हाँ! ये लोग ठीक ही तो कह रहे हैं कि ये लोग हाथी ही हैं अब देखिये ने देश लूटने का नुस्खा पहले 64 करोड़ के **बोफोर्स घोटाले** में सरकार पलट गई। आज एक-एक पार्टी के खाते में किसी के खाते में 4.8 हजार करोड़ से लेकर 5 सौ करोड का संम्पति घोषित की। चंदा तो इनके खाते में ऐसे आतें हैं कि मानो जैसे श्राद्ध पक्ष में कौवे को भोजन।

एक कहावत और देखिये- "हाथी जिंदा लाख का मरे तो सवा लाख का" आपको याद नहीं हो तो इतिहास की किताब खोलकर हिटलर का इतिहास पढ़ लीजिए । पिछले उत्तर प्रदेश विधानसभा चुनाव के समय **चुनाव आयोग** ने सारे हाथियों को तिरपाल से बंधवा दिए थे ।

अब चुनाव आयोग को कौन समझाए कि भाई जहां दिमाग खर्च करना है वहां तो खर्च करते नहीं, जहां नहीं खर्च करना है वहीं दिमाग लगाते हो । मानो चुनाव आयोग नहीं जनता के मनोरंजन का कोई साधन बन गया हो।

इस बार तो सभी तालाब को भी मिट्टी से पटवाने की मांग की गई ताकि तालाब में लबालब कमल के फूल जो खिलते जा रहे हैं उन्हें रोका जा सके। चुनाव आयोग को एक काम और करना चाहिए **क्रिकेट में छक्का** लगाने पर भी प्रतिबंध कर देना चाहिए क्योंकि अंपायर हर छक्के पर दोंनो पंजा उठाकर जनता को इशारा करता है कि वोट कहां डालना है और जिस राज्य में चुनाव की घोषणा हो जाए वहां सभी को हाथ मिलाने पर भी प्रतिबंध लगा देना चाहिए। मुझे **हाथ और हाथी** से याद आया किसी पार्टी को इससे मिलते-जुलते सभी जुमले और शब्दों का कॉपीराइट करवा लेना चाहिए ताकी इसके नाजायज प्रयोग पर भी प्रतिबंध लगाया जा सके, कम से कम सभी भाजपाईयों के हाथ तो कटवा ही देने चाहिए कारण की ये लोग इस पंजे का प्रयोग गलत काम के लिए भी कर सकते हैं मसलन शौचालय जाने के वक्त या भाषण देते वक्त। ये जनता तो बेचारी इतनी भोली है कि ये क्या जाने की ये पंजा खूनी है कि पाक-साफ?

अरे मैं सफेद हाथी की बात बताना भूल गया। ये कहावत ने तो मुझे हिला ही दिया। अब जब ये हाथी मर जायेगा तो सवा लाख का कैसे हो जायेगा यह बात मेरी समझ में नहीं आ रही थी, तभी पास बैठा एक बूढ़े आदमी ने मुझे समझाया कि हाथी का सिर्फ दांत ही नहीं उसकी लीद भी गांव वाले खरीदकर ले जाते हैं। सुनकर मुझे बड़ा आश्चर्य हुआ कि इस हाथी ने इतना क्या खा लिया कि गांव वाले इसकी **लीद** भी खरीदकर ले जायेंगे।

हां! लीद से ध्यान आया कि एक कहावत और भी है शायद किसी ने इसे हिटलर के इतिहास में नहीं पढ़ा होगा वह है कि **"हाथी चले बाजार-कुत्ता भूके हजार"** भाई ठीक ही पढ़ा है आपने इतिहास को आने वाले चुनाव में आप हाथी हो कि कुत्ता यह तो देश की जनता ही आपको बताएगी। पर एक बात बात-बात में याद आ गई कि सफेद हाथी एक मुहावरा है जिसका अर्थ होता है कि जो दिखने में सफेद दिखता है वह किसी काम का नहीं।

अब यह तो इनको ही तय करना है कि ये लोग कौन सा हाथी है। लाल, काला, पीला या सफेद?

इसी बात से एक कहानी भी याद आ गई- जो बचपन में सभी ने पढ़ी ही होगी।

चार अंधे:

एक गाँव में चार अंधे रहते थे। उन्होंने गाँव में हाथी आने की खबर सुनी। वे रास्ता पूछते-पूछते हाथी के पास पहुँचे। महावत से बोले, "**भैया, जरा हाथी को कब्जे में रखना, हम उसे टटोल कर देखेंगे।**"

महावत ने सोचा- इसमें मेरा क्या बिगड़ता है, इन अंधे गरीबों का मन रह जाएगा। बोला- "खुशी से देखो।"

अंधे हर चीज को हाथ से टटोल कर ही देखते हैं।
एक ने अपना हाथ बढ़ाया तो हाथी के कान पर पड़ा। बोला,- "**हाथी तो सूप की तरह होता है।**"
दूसरे का हाथ उस हाथी के पाँव पर पडा। बोला, "**नहीं, हाथी खंभे सा होता है।**"
तीसरे के हाथ के सामने सूँड़ आई। उसने कहा- "**नहीं-नहीं, वह तो मोटे रस्से जैसा होता है।**"
चौथे का हाथ हाथी के पेट पर पड़ा। वह कहने लगा- "**आप सब गलत कहते हो, हाथी तो एकदम मशक सा होता है।**"
चारों अपनी-अपनी बात पर अड़ गए और लगे लड़ने-झगड़ने। हर एक अपनी ही हांकता, दूसरे की नहीं सुनता था। एक समझदार आदमी पास खड़ा-खड़ा इनकी सब हरकतें देख रहा था। उसने अपने मन में लड़ाई का बड़ा अच्छा नतीजा निकाला कि दरअसल हाथी नहीं ये एक विचित्र जानवर है जो **चारों तरफ से सिर्फ खाता ही खाता है।**

----

13. मांछे तेल तिके मांस भाजा होबे

*यह बात सही है कि पत्रकारों का एक बड़ा वर्ग **'गोदी मीडिया'** बन चुका है परन्तु इससे देश के ईमान को ख़रीदा नहीं जा सकता, ना ही गोदी मीडिया का अपना कोई नहीं वजूद बचेगा। गिरगिट की तरह ही गोदी मीडिया वक्त बदलते ही अपना रंग बदल लेंगे।*

आपने अबतक पढ़ा होगा....

एक गाँव में चार अंधे रहते थे। उन्होंने गाँव में हाथी आने की खबर सुनी। वे रास्ता पूछते-पूछते हाथी के पास पहुँचे। महावत से बोले, "भैया, जरा हाथी को कब्जे में रखना, हम उसे टटोल कर देखेंगे।"

महावत ने सोचा- इसमें मेरा क्या बिगड़ता है, इन अंधे गरीबों का मन रह जाएगा। बोला- "खुशी से देखो।"

अंधे हर चीज को हाथ से टटोल कर ही देखते हैं।

एक ने अपना हाथ बढ़ाया तो हाथी के कान पर पड़ा। बोला,- **"हाथी तो सूप की तरह होता है।"**

दूसरे का हाथ उस हाथी के पाँव पर पडा। बोला, **"नहीं, हाथी खंभे सा होता है।"**

तीसरे के हाथ के सामने सूँड़ आई। उसने कहा- **"नहीं-नहीं, वह तो मोटे रस्से जैसा होता है।"**

चौथे का हाथ हाथी के पेट पर पड़ा। वह कहने लगा- **"आप सब गलत कहते हो, हाथी तो एकदम मशक सा होता है।"**

चारों अपनी-अपनी बात पर अड़ गए और लगे लड़ने-झगड़ने। हर एक अपनी ही हांकता, दूसरे की नहीं सुनता था।

एक समझदार आदमी पास खड़ा-खड़ा इनकी सब हरकतें देख रहा था। उसने अपने मन में लड़ाई का बड़ा अच्छा नतीजा निकाला कि दरअसल हाथी नहीं ये एक विचित्र जानवर है जो **चारों तरफ से सिर्फ खाता ही खाता है।**

आगे पढ़ें.... मेरा गाँव -13

मांछे तेल तिके मांस भाजा होबे

बंगाल में एक कहावत है- "मांछे तेल तिके मांस भाजा होबे" कहने का अभिप्राय है कि किसी को उसकी कमज़ोरी से ही मारा जा सकता। जो पत्रकार पैसे से बिक जाए उसे पैसे से खरीद लो, जो नहीं बिके उसे धमका कर या उसके मालिकों को डरा कर पत्रकारिता के जगत से अलग कर दो। मालिकों को विज्ञापनों का प्रलोभन देकर उसे हटा देने की धमकी से मीडिया हाउस न सिर्फ परेशान हो चुकी है लाचार भी है।

पिछली सरकारें में एक समानता है कि इनके नेता बार-बार एक ही बात की धमकी देते थे कि "वे चुन कर आयें हैं " या जनता ने अपना निर्णय सुना दिया। उनका यही अहंकार देश को ले डूबा। आज राजनीतिक पार्टियां जिस प्रकार चुनावी समर में हाथ-पांव मारती है। झूठ का सहारा लेकर खुद को बचाने की जद्दोजहद में लगी है। जो एक समय इस अहंकार में दंभ भरते थे वे आज हासिये पर खड़े हैं। जो आज भर रहे वे कल हासिये पर होंगे। बात-बात में गाली देना, धमकाना, देश द्रोह व मानहानि का मुकदमा कर देना इनके दैनिक दिनचर्या का हिस्सा बन चुका है। इनको पता है कि एक बार मानहानि का मुकदमा फाइल हो जाने के बाद पूरा मामला दब जायेगा।

किसी बात को साबित करने की एक लंबी प्रक्रिया है इतने में तो कमजोर पत्रकार खुद ही मर जायेगा और अंत में झक मार कर खुद घुटने टेक देगा। बंगाल में एक कहावत है -

''मांछे तेल तिके मांस भाजा होबे'' कहने का अभिप्राय है कि किसी को उसकी कमज़ोरी से ही मारा जा सकता। जो पत्रकार पैसे से बिक जाए उसे पैसे से खरीद लो, जो नहीं बिके उसे धमका कर या उसके मालिकों को डरा कर पत्रकारिता के जगत से अलग कर दो। मालिकों को विज्ञापनों का प्रलोभन देकर उसे हटा देने की धमकी से मीडिया हाउस न सिर्फ परेशान हो चुकी है लाचार भी है।

सरकार जब किसी पत्रकार को जवाब नहीं दे सकती तो उस पत्रकार को अपने समर्थकों से ना सिर्फ अपमानित करावाती है उसके घर-परिवार के सदस्यों पर भी भद्दे व अपमानित करने वाले शब्दों से प्रहार करती है और इसी मीडिया जगत के एक वर्ग की मौन स्वीकृति उन्हें प्राप्त है। ये लोग इन दिनों खुद को गोदी मीडिया कहलाने में फूले नहीं समा रहे। यह सिलसिला आगे भी लगातार जारी रहेगा चाहे सरकार किसी की भी हो।

आप यह तो सुना ही होगा भारत का एक दिवालिये व्यक्ति के द्वारा पांच हजार करोड़ का मामला एक पत्रकार पर पहले किया बया था। इसी प्रकार के कई मुक़द्दमे की सूची तैयार हो सकती है जो पिछले कुछ सालों में सामने आये हैं।

हर बार एक नया झूठ किसी सच के सामने अमावस्या की तरह खड़ा हो जाता है। कभी देश की सुरक्षा के नाम पर, कभी सेना के सर लाने के नाम पर। इनका झूठ, स्वतः इनके ही सच के सामने गाड़ी के नीचे दबकर मर जाता है । इससे बड़े आश्चर्य की बात और क्या हो सकती है जो मीडिया देश की सुरक्षा को वीडियो गेम समझता हो, देश के किसानों की आत्महत्या व सेना की शहादत से जो राजनेता राजनीति लाभ लेता हो, वह देश कैसे **विश्वगुरु** बनेगा?

यह बात सही है कि पत्रकारों का एक बड़ा वर्ग **'गोदी मीडिया'** बन चुका है परन्तु इससे देश के ईमान को ख़रीदा नहीं जा सकता, ना ही गोदी मीडिया का अपना कोई नहीं वजूद बचेगा। गिरगिट की तरह ही गोदी मीडिया वक्त बदलते ही अपना रंग बदल लेंगे। भारत ने मुगलों का शासन देखा उस दौर में हजारों चारण पैदा लिये जो राजा के गुणगान में कशीदे पढ़ा करते थे पर राणा प्रताप एक ही पैदा हुआ जिसे आज भी देख रहे हैं, अंग्रेजों के शासनकाल में हजारों चापलूसों को, संघ के लोगों की उनकी गुलामी करते देखा गया, आज जो लोग राष्ट्रवाद की बात कर रहे हैं उन्होंने आज़ादी की लड़ाई में कभी ''बंदे मातरम्'' नहीं गाया था।

तिरंगे झंडे को लेकर उनके मन में सम्मान का बोध नहीं था। सत्ता में आते ही इसे भी अपना हथियार बना लिए। आज का यह गाना **''एक चेहरे पर कई चेहरे लगा लेते हैं लोग''** यदि **रावण** के काल में लिखा व गाया, गया होता तो तब का रावण इस गाने को लिखने, सुनने वाले, फिल्माने वाले, चित्रकार, कलाकार, सबको फांसी पर लटका दिये होते।

गणिमत है की भारत का संविधान बीच-बीच में इनके आड़े हाथों बीच में रोड़ा अटकाये देता है नहीं तो अब तक सच लिखने व बोलने के जुर्म में कई पत्रकारों को फाँसी के फंदे पर लटका दिया गया होता ।

मीडिया हाउस का एक वर्ग चाहता है कि जनता उनके दिखाये मार्गों का ही अनुसरण करे, जो किसी भी देश के लिए घातक साबित हो सकता है। संविधान निर्माताओं ने मीडिया को संविधान में कोई जगह नहीं देकर स्पष्ट रूप से बता दिया कि यह वर्ग देश की सुरक्षा के लिए किसी भी समय खतरा बन सकता है। जबतक इनके अहंकार की पूर्ति सरकार करती रहेगी, तब तक ये चुप रहेगे या उस सरकार के विरुद्ध कुछ नहीं बोलेंगे। जैसे ही इनका स्वार्थ दूसरे से जुड़ जायेगा, ये उस समय बेलागम घोड़ा बन जाएगा।

रामप्रसाद जी बताते हैं कि जब इन्होंने पत्रकारिता के क्षेत्र को पेशे के रूप में चुना तो उस समय इतनी समस्या नहीं थी, पर समय के साथ इसके सोच में काफी बदलाव आया है। उस समय पत्रकारिता एक प्रतिष्ठा का अवसर माना जाता था, जबकि अब यह धंधा, कोठे वाली की तरह बन गया। कुछ पत्रकारों को खुलेआम ब्लैकमेल करते भी देखा जा चुका है। जो लोग इस क्षेत्र को खरीदकर हैं, वे देश की सत्ता के बेताज बादशाह बन गए, उनका यह भ्रम दूर कर लेना चाहिए। कोठे की रेडी की भी अपनी इज्जत है, हर पत्रकार की अपनी मर्यादा है। जिस दिन अपने आ जाएंगे उस दिन, तानाशाही का देर-सबेर ही सही, अंत हुआ है।

———

14. धर्मनिरपेक्ष ताकतें और भारत

भाग-14

आपने अबतक पढ़ा होगा....

उस समय पत्रकारिता एक प्रतिष्ठा का अवसर माना जाता था, जबकि अब यह धंधा, कोठे वाली की तरह बन गया। कुछ पत्रकारों को खुलेआम ब्लैकमेल करते भी देखा जा चुका है। जो लोग इस क्षेत्र को खरीदकर हैं, वे देश की सत्ता के बेताज बादशाह बन गए, उनका यह भ्रम दूर कर लेना चाहिए। कोठे की रेडी की भी अपनी इज्जत है, हर पत्रकार की अपनी मर्यादा है। जिस दिन अपने आ जायेगें उस दिन, तानाशाही का देर-सबेर ही सही, अंत हुआ है।

आगे पढ़ें.... मेरा गाँव -14

धर्म के आधार पर देश के विभाजन पश्चात व आजादी के बाद तेजी से एक शब्द "**धर्मनिरपेक्षता**" देश की राजनीति में अपनी केन्द्रीय भूमिका निभाती है। जबकि इसके गहराई में जाकर देखा जाए तो हमें ज्ञात होता है कि "धर्मनिरपेक्षता" का अर्थ है एक विशेष धर्म के कट्टरवादी ताकतों को मजबूती प्रदान करना, साफ शब्दों में कहा जाए तो देश के अल्पसंख्यक समुदाय को सुरक्षा प्रदान करना ही इसका एक मात्र उद्देश्य रह गया है। धर्मनिरपेक्षता का मुख्य लक्ष्य है देश की तमाम राजनैतिक चेहरे अल्पसंख्यकों को वोट बैंक की कुंजी मानना हैं।

धीरे-धीरे ये लोग देश में एक कट्टरवादी ताकतें बनती चली गई और इन कट्टरवादी ताकतों द्वारा संकलित वोटों से खुद की राजनीति को मजबूत बनाये रखना, जो ऐसा करने में सफल हो रहे हैं, वैसे लोग अपने आपको "धर्मनिरपेक्ष" मानते हैं। इनका मानना है कि देश इसी में सुरक्षित रह सकता है।

जबकि दूसरी तरफ हिन्दू कट्टरवादी ताकतें को प्रतिनिधित्व करने वाली ताकतें जिनके ऊपर देश में सांप्रदायिक माहौल को खराब करने का उन पर आरोप मंढ़ा जाता है। इस प्रकार आज देश की राजनीति दो हिस्सों में बंटी स्पष्ट दिखाई देती है। आज सत्ता को बचाये रखने के लिए देश की सभी राजनीति दलें इस टूल का इस्तेमाल करती है।

जब कोई दल सत्ता से बाहर हो जाती है तो वह जम कर इन ताकतों को इस्तमाल करती है। ऐसे में ये कट्टरवादी दोनों पक्षों की ताकतें अपने-अपने धार्मिक एजेंडे को आगे बढ़ाने में लग जाते हैं। जिसे एक धर्मनिरपेक्ष, दूसरे दल को सांप्रदायिक ताकतें बोल कर पहचाना जाने लगा है। देश में। दोनों में कोई अंतर नहीं है। अंतर है तो एक को हिन्दुत्व खतरा बनता जा रहा है। दूसरे को मुसलमानों से । यह सोचने की बात है कि वहीं पाकिस्तान और अब का बांग्लादेश जो कि पहले पूर्वी पाकिस्तान था, में हिन्दू अल्पसंख्यकों को समाप्त कर दिया गया है। ऐसे ही भारत के कश्मीर घाटी (1990) में किया गया। तथाकथित धर्मनिरपेक्ष राजनीतिक दलें इन घटनाओं पर हमेशा से ही चुप्पी साधे रही।

पिछले कुछ सालों में कट्टरवादी हिन्दुओं ने वही तांडव भारत के विभिन्न हिस्सों में मचाना शुरू कर दिया, जो अब तक पकिस्तान और पूर्वी पाकिस्तान (अब के बांग्लादेश) में होता रहा था या अभी भी हो रहा है। तब वहाँ की सरकारें अपने मुस्लीम कट्टरवादी ताकतों को सुरक्षा प्रदान करती रही थी, और आज भी जारी हे। वहीं समान घटना, हिन्दूवादी सरकार के आने के बाद से भारत में हो रहा है। फर्क इतना ही है कि वहां की सभी सरकारें इसे सही मानती रही है, जबकि भारत में एक बड़ा समूह इसे गलत मानता है।

भारत में धर्मनिरपेक्षता का एक ही अर्थ है, सबका लक्ष्य एक है कि देश की मुस्लिम कट्टरवादी ताकतों के एक वर्ग को कौन कितना लुभा सकता है, इस बात कि होड़ लगी है। असम की घटना के पश्चात पिछले दिनों देश में जो कुछ भी हमें देखने को मिला इसके साथ ही सरकारी व अन्य

राजनीति दलों की टिप्पणियों पर नजर दौड़ाई जाए तो हम यह बात ही नहीं समझ पा रहे हैं कि देश में बंगलादेशी मुसलमान इतने ताकतवर कैसे हो गए? कि उनके कुप्रचार से देश की ही असमिया समाज को अपनी ही जमीं, अपने ही वतन में खुद को असुरक्षित महसूस करना पड़ा और बड़ी संख्या में देश के विभिन्न हिस्सों से उनके पलायन से हमें यह तो सोचना ही होगा कि देश में मुस्लिम कट्टरवादी ताकतों ने भारतीय धर्मनिरपेक्षता को संगठित तरीके से तार-तार किया जा रहा है। कुछ इस्लामिक संगठनों न सिर्फ मुम्बई में पाकिस्तान के झंडा ही नहीं फहराया, साथ ही यह भी ऐलान कर दिया कि अब जल्द ही समूचे भारत में इस्लाम का झंडा फहरा दिया जाएगा। इन मुस्लिम कट्टरवादी ताकतों के सामने हमारी धर्मनिरपेक्षता पलक झपकते ही ताश के पत्ते की तरह बिखर कर उनका तमाशा देखती रह गई।

सरकार की तरफ से उनके ऊपर कोई कार्यवाही न कर, हिन्दूवादी नेताओं पर अंकुश लगाया जाना इस बात को बल प्रदान करता है कि देश किस कदर एक धर्म विशेष के वोट बैंक की तरफ सिमटता जा रहा था एक प्रकार का विशेष धूर्वीकरण के जाल में उलझ चुका है भारत। असम की घटना व असमियों और मणिपुरीयों को जिस प्रकार से भयभीत करने में देश की मुस्लिम कट्टरवादी ताकतों ने अपनी भूमिका निभाई, इससे इस बात में कतई संदेह नहीं रह गया कि अब धर्मनिरपेक्षता की आड़ में सत्ता की राजनीति करने वाली ताकतों को यह बताना जरूरी हो गया है कि "धर्मनिरपेक्षता" वास्तव में वह नहीं कि वह सत्ता से चिपकने के लिए किसी दूसरे दल को सत्ता से अलग रखा जाए। "धर्मनिरपेक्षता" का अर्थ देश के संविधान के लिए खतरा भी बनता जा रहा है। ऐसे में सोचना होगा भारत के हिन्दुत्ववाद से देश मजबूत ही होगा या कमजोर, जबकि मुस्लिम कट्टरवादी ताकतों को जितना बल दिया जाएगा देश की सार्वभौमिकता को उतना ही खतरा पैदा होता जा रहा है।

-----

15. वैक्सीन- "जान है तो जहान है।"

मैंने पूछा वो कैसे?
बताने लगा कि उनके मोहल्ले में ही 1000/- में हॉस्पिटल के लोग आकर बुकिंग कर रहे हैं। सामाजिक संस्था उनको सहयोग भी दे रही है। 600 की वैक्सीन 1000 में? 400 का मुनाफा?
मुझे लगा कि यह अपराधियों का बढ़ावा ही तो है?
सरकार जब तक वैक्सीन खोज कर लायेगी, तब तक देश की आधी आबादी पैसा देकर वैक्सीन लगवा चुकी होगी।
जान है तो जहान है।

रामप्रसाद जी आज सुबह-सुबह ही तमतमाए हुए लगे। मित्रों ने उनके व्यवहार से ही भांप लिया था, हो न हो आज किसी पर बिजली गिरने वाली है, सो सभी संभल कर उनसे बात कर रहे थे।
पर कहतें हैं, कुछ लोग ऐसे मौके का ही इंतजार करतें रहतें हैं, हमारे ग्रुप में भी मुंगेरीलाल जी को आदत है, जबतक वो उस आदमी के जख्मों को छेड़ ना दे।
मुंगेरीलाल ने जैसे ही रामप्रसाद जी को तमतमाया हुआ देखा, तवे पर पानी छिड़क कर उसके गर्मी का अंदाज लेने लगा।
"और रामप्रसाद जी-कैसे हो"
कलतक तुम-ताम, गालियाँ दिये बने जो आदमी बात न करता हो आज शरीफाई से बात करे, वह भी 'जी' लगा कर, तो कटे पर नमक ही छिड़कना था।
बस अब क्या था, घर का चूहा, चूहेदानी से, चूहा एक ही झटके में बाहर निकलकर 440 वाट वोल्टेज का करेंट मारने लगा।
दनादन एक-दो चांटे जड़ दिए, मुंगेरीलाल के।
हम सभी पहले से ही सतर्क थे।
दोनों का बीचबचाव करते हुए, मैंने बात को बदलना चाह।
क्या मुंगेरी, बेचारा बुखार से तप रहा है, तुमको मजाक सूझता है। चलो आज तुमको ही चाय के पैसे चुकाने होंगे।

एक तो बेचारा अपनी हरकतों से सुबह-सुबह प्रसाद में दो थप्पड़ खा ही चुका था, ऊपर से चाय का भुगतना भी उसे ही करने का प्रस्ताव सभी ने पास कर दिया था।

अब मुंगेरीलाल ने भी ठान लिया कि आज चाय का भी पैसे मेरे से ही वसूल कर के रहेगा।

तभी हमारे पास एक सब्जी बेचने वाली आकर पूछने लगी-

खिच्ची-खिच्ची परवल, भिन्डी ... 90 रुपये किलो।

रामप्रसाद जी का दिमाग भीतर से पहले ही तमतमाया हुआ था, परवल-भिंडी के भाव सुनकर और तमतमाने लगा।

सब्जी वाली को बोल- "दीदी ओ दीदी... आप जाओ"

"दीदी" सुनते ही उस सब्जी वाली ने दो चांटे रामप्रसाद जी को रसीद कर दिए।

मुंगेरीलाल का हिसाब बराबर होते ही वह भी बीच में कूद पड़ा।

अरे रामप्रसाद ये 'बिहार' नहीं है, जो, जो मन आवै बोल दो।

उधर सब्जी वाली शांत ही नहीं हुई थी।

दीदी किसको बोला रे बिहारी?

तुम्हारी दीदी लगती हूँ?

अब रामप्रसाद जी यह तो समझ चुके थे कि एक तो यह महिला, दूसरे में इनका संगठन, हाथ लगाया कि जल जाएगा। सो बचाव कि मुद्रा में आ गए, और थोड़ा नरमी से बोले-"नहीं बहन जी" आप बुरा मान गई, शौरी ...

उसका गुस्सा अब सातवें आकाश पर था. बहन जी?

भाईईईईई सा'ब बहनजी आपके घर में होगी।

जबान संभाल कर बोलिए।

तभी मुंगेरीलाल ने उस सब्जी वाली का आकलन किया... 40 के आसपास की होगी। अंदाज लगाकर फिर बीच बचाव किया..

जाने दीजिए भाभीजी जी!

भाभीजी सुनकर वह फिर नागिन की तरह फुफकारने लगी।

अबे- तेरी भाभीजी कब से लगी, ज्यादा पचड़-पचड़ किया ने तो सबको थाने में ले जाऊँगी।

अब सुबह - सुबह से ही सबका मूड पहले से ही रामप्रसाद ने खराब कर रखा था, ऊपर से ये एक नई आफत सामने आ गई।
मैंने बात को बदलते हुए कहा - "ये भिन्डी तो बहुत खिच्ची है...
अब बोलते-बोलते रुक गया...
दीदी बोला तो फिर मेरा गाल भी लाल हो जाएगा..
कुछ संभलकर...
उसने जवाब दिया.. नहीं बेचनी आप लोगों को सब्जी, सुबह-सुबह बोहनी खराब कर दी, और वह आगे बढ़ गई।
उसके जाते ही हम सब ने राहत की सांस ली ही थी कि मुंगेरीलाल लाल लगा अपने चाय का पैसा वसूलने।
और बताओ रामप्रसाद ! भाभीजी कैसी है?
वैक्सीन दिला दी ने भाभीजी को?
रामप्रसाद जी भी समझ चुके थे कि अब चाय का भुगतान चुपचाप कर दो नहीं तो यह वैक्सीन भी लगवा देना सीमा को।
रात ही सीमा बोल रही थी कि वैक्सीन प्राइवेट हॉस्पीटल में 1000/- प्रति डोज की बिक रही है। चलो लगवा आतें हैं। मैंने हिसाब लगाया इस भुखमरी में घर में अनाज नहीं ला पा रहे, भाड़ा नहीं चुका पा रहे, दो जन के 4000/-और चुकाने पड़ेंगे?
पर मंत्री जी तो सबको मुफ्त में वैक्सीन दे रहे हैं?
महीना-दो महीना देर ही सही सरकार व्यवस्था कर ही देगी।
सीमा चिल्लाने लगी. तुम तो यही चाहते हो मैं मर जाऊँ... और रोने लगी..।

अभी नौकरी मिलने में 10 दिन बाकी था। 2000/-जमा करने का पैसा हाथों-हाथ कहां से लाऊं..?
बस इस बात को लेकर रात को सीमा से बहस हो गई।
मरता क्या नहीं करता।
जब जान पर आफ़त आई तो लोगों ने तो इन अस्पतालों के आगे घूटने टेक दिए थे। घर, गहने गिरवी कर के पैसे जमा करा के परिजनों को

बचाने की जी-तौड़ कोशिश की। फिर आक्सीजन की क़िल्लत ने सबकी सांसें छीन ली।

मुझे तो बस 2000/- ही अभी चुकाने थे। 2000/-तो तीन-चार माह बाद देने हैं सो 'हां' कर दिया था कि ठीक है कल जमा करा देना पैसा।

इधर अचानक से मुंगेरीलाल लाल ने वैक्सीन की बात चला दी।

मैंने भी उससे पलट सवाल किया, नहीं यार, 'स्लॉट खाली नहीं मिल रहा' तुमने लगवा ली?

बताने लगा "अरे तुम गधे के गधे ही रहोगे!" स्लेट तो खुले आम पहले से ही बुक हो रहा है।

मैंने पूछा वो कैसे?

बताने लगा कि उनके मोहल्ले में ही 1000/- में हॉस्पिटल के लोग आकर बुकिंग कर रहे हैं। सामाजिक संस्था उनको सहयोग भी दे रही है।

600 की वैक्सीन 1000 में? 400 का मुनाफा?

मुझे लगा कि यह अपराधियों का बढ़ावा ही तो है?

सरकार जब तक वैक्सीन खोज कर लायेगी, तब तक देश की आधी आबादी पैसा देकर वैक्सीन लगवा चुकी होगी।

जान है तो जहान है।

मंत्री जी ने पहले ही सबको बता दिया था।

अब भाई मैंने तो सीमा के और मेरे पैसे चुका दिये थे। आप किस कोविन के चक्कर में फंसे हो।

बस पैसा आप चुका, सरकार कल आंकड़े बता देगी हमने अब तक इतने लोगों को वैक्सीन लगा दी।

इसे कहते हैं दिमाग। चाय का भुगतान तो मैंने किया, वाह-वाही मुंगेरीलाल ने लूट ली।

लेखक व व्यंग्यकार - शंभु चौधरी।

[END]

advspchoudhary@gmail.com

धन्यवाद

www.ingramcontent.com/pod-product-compliance
Lightning Source LLC
LaVergne TN
LVHW100301051026
849517LV00006B/2159
9798891335769